文春文庫

山茶花は見た

御宿かわせみ 4

平岩弓枝

文藝春秋

目次

山茶花は見た

山茶花《さざんか》は見《み》た

一

たいして広くもない「かわせみ」の庭には花のある木が多かった。

梅は白梅と紅梅、桜は玄関脇《わき》に一本、客用の部屋から見渡せる中庭には小さいが藤棚《ふじだな》があり、裏には桐《きり》が紫の花を開く。

夏には、るいの居間の外に百日紅《さるすべり》がかなり長い間、咲き続けるし、秋には嘉助《かすけ》の丹精した菊と、花とはいい難いが、楓《かえで》と柿《かき》が真紅に色づいて風情を添えた。

そして、ぽつぽつ、初霜をみる朝には、るいの居間と女中部屋との間にある小庭に山《さ》茶花《ざんか》が咲く。

「おい、今年はちっとばかり早いんじゃないか」

「かわせみ」へ泊った翌朝に、珍しく早起きして木剣の素振りをしていた東吾《とうご》が、居間で茶の仕度をしている、るいに呼びかけた。

山茶花のことだと、るいもすぐ気がついて縁側へ出る。

成程《なるほど》、南へむかった中ほどの枝に、白と桃色をぼかしたような花が二つばかり咲いている。

東吾がいうように、例年よりも十日ばかり早い感じであった。

「よく、花の咲く日なんぞをおぼえていらっしゃいますのね」

それだけ、東吾が「かわせみ」に馴染《なじ》んだ証拠のようで、るいは嬉しかったが、花の咲く日をおぼえているというのが、如何《いか》にも東吾らしくなく思えて、つい、いった。

「この花だけはおぼえているのさ。大方、るいの、生まれた日のあたりに咲きだすだろう」

その日は必ずといってよいほど、るいのところへ泊るし、

「朝起きてみると、よくお前がいうじゃないか。やっと山茶花が咲きました……」

大声でいう東吾に、るいは赤くなって指を一本、唇《くちびる》にあてた。

「そんな大きな声でおっしゃると、女中達に聞えますよ」

いわれてみれば、東吾に抱かれた翌朝に、この花の咲いているのをみつけ、なにか花やいだ気分で、まだ布団の中に居る東吾に声をかけたおぼえがある。

「あと九日で、お前の生まれた日だな」

いくつになると、なんの気なしに東吾はきいたのだが、るいはつんとして、そっぽを

むいた。

「もう、お婆《ばあ》さんでございます」

「馬鹿……」

年上女房は、そんなつまらないことも気になるのかと、東吾は笑い出した。

「なにか買ってやるつもりだが、欲しいものはないか、どうせのことなら、るいの欲しいものがいいだろう」

機嫌《きげん》をとるように東吾はいったが、るいは微笑して首をふった。

「なんにも……別に欲しいものはございません」

「みくびるなよ、千両箱を一つくれといわれても困るが、俺《おれ》だって、それくらいの金はある、このところ、稼《かせ》ぎがいいんだ」

男にそういわれて、るいは慌てた。

次男坊の冷や飯食いの東吾であった。いわゆる侍の扶持《ふち》はもらっていないが、兄の通《みち》之進《のしん》は八丁堀の吟味方《ぎんみかた》与力で、神林《かみばやし》家はかなり裕福であったし、兄嫁の香苗《かなえ》が気を遣っていて、東吾に金の不自由はさせていない。

それに、東吾自身も狸穴《まみあな》の道場へ月の中《うち》、半分は代稽古《だいげいこ》に行ったりしていて、そっちからの謝礼もあって、けっこうのんきな次男坊暮しを楽しんでいるのだが、るいにしてみれば誰のために、東吾が養子にも行かず、いつまでも兄の家の居候をしているのかと、心が痛むのであった。

「なにかいってみろよ、どうせのことなら、一緒に買い物に出かけてもいい。今のところ懐中もあったかだから、せいぜい奮発してやるぞ」

年下の亭主は木剣をふり廻しながら、いばっている。

「でしたら、おねだりしたいものがございます」

思いついて、るいは甘えた。

「なんだ」

「掛け守《まもり》のよいのをみつけたのがございます、日本橋の伊勢屋で……」

骨董《こっとう》を商う店であった。

平安時代あたりのものだろうか、その頃の女が胸にかけていた銀細工の掛け守が店に出ていた。筒を横にしたような形で、掛け金をはずすと中に小さな持仏が入るようになっている。

「変ったものが所望なんだな」

そういうものなら売れてしまうといけないといい、早速、伊勢屋へ行ってみようと東吾が勧め、結局、二人は肩を並べて、大川端を出た。

初冬にしては暖かい日で、大川には陽炎《かげろう》が立ちそうな気配である。

「山茶花が早く咲く筈《はず》だな」

着流しに羽織なしでも、寒くない。

久しぶりに二人そろって外へ出たことで、それでなくとも、るいは上気していた。

伊勢屋の店に、るいがみつけた掛け守は、幸い、まだ売れずにあった。

「こういうものは、なかなかお客様のお眼に止りませんが、よいものでございます」

おそらく公卿の然《しか》るべき家の姫君が身につけていたものでもあろうと、伊勢屋の亭主はいった。掛け守の外側はさりげない細工だが、裏には和紙を張って、それに、うるしをかけ、更に美しい蒔絵《まきえ》をほどこしてある。

中におさめられているのは観世音菩薩《ぼさつ》で、これも小さいが、いいお顔をした仏像であった。

そんないいものなのに、買い手がないせいか、値はそれほど高くない。

「売れていなくてよかったな」

掛け守の包をいそいそと胸に抱いたるいに東吾は嬉しそうに笑った。

本当なら、そのまま、るいと別れて八丁堀の屋敷へ帰る筈なのに、あまり、るいが喜んでいるので、なんとなく別れづらくなって、そのまま大川端の「かわせみ」へ戻ってきてみると、ちょうど、客が来ていた。

品川の廻船《かいせん》問屋「万石屋」の主人で新兵衛という、「かわせみ」には常連の客であった。

所用でこっちへ出てくる時は、必ず「かわせみ」を定宿にして滞在する。

「ちょうどようございました。旦那様、只今のお話をこちらの若様におっしゃってみては如何《いかが》でございましょう、八丁堀の与力をなすっていらっしゃる神林通之進様の弟御様で、きっとお力になって下さると存じますが……」

番頭の嘉助が心得顔で新兵衛に東吾を引き合せ、なんとなく、東吾はるいと一緒に、楓の間で、万石屋新兵衛の話をきく破目になった。

「なにからお話し申してよいやら……」

五十をいくつか過ぎて、廻船問屋の主人にしては、温厚すぎるような新兵衛が、ためらいがちに話し出したのは、この秋の彼岸に万石屋へ押し入った盗賊のことであった。

「それ以前から、品川あたりの商家が軒並みに襲われて居りまして、手前どもでも随分、要心をしていましたが、悪い時には、とかく悪いことにつけ込まれるものでございまして……」

新兵衛の一人娘お信の乳母だったおせいという女が、九月のはじめに卒中で倒れて、そのまま昏睡《こんすい》状態が続き、その看病やらなにやらで家中が疲れ切っていた。

「賊は蔵に押し入りました」

蔵の扉には勿論《もちろん》、鍵《かぎ》がかかっていたのだが、賊は難なく鍵をこわして侵入し、たまたままとまって金の入った時で、千両からあった金箱を盗み出して行った。

「家中の者はよく眠って居りまして、誰も朝まで気がつかない筈でございましたが、折柄、乳母の娘のおきくというのが、木更津から来て居りまして、看病のため起きて居りましたのが、物音をききつけて、手水場《ちょうずば》の窓から外をみたそうでございます」

それが、ちょうど盗賊三人が金箱を運んで逃げ出すところで、

「おきくは腰を抜かさんばかりに驚いて、私のところへ知らせに参りました」

廻船問屋のことで、店の二階には腕っ節の強い連中が寝起きをしている。

「それっとばかりに得物を持ってとび出しまして、手分けして追いかけました」

その時は、賊の姿はもうみえなかったのだが、柝《き》を叩《たた》いて町内にも知らせ、土地の岡っ引なども繰り出してあっちこっちの木戸をふさいだりしている中に、近くの媽祖廟《まそびょう》の境内にかくれていた三人の賊らしい男を発見した。

あとは大勢が集まって来て、かなり抵抗する賊をとり押えたのだが、

「最初、奴らは盗みに入ったおぼえはないとしらを切りました」

実際、どこへかくしたのか、三人とも金は持って居らず、調べに当った者も途方に暮れたが、結局、犯人を手水場の窓から見たおきくが首実検をして、

「三人の中の一人は右腕に赤アザがあったと申し立てましたので……」

確かに、媽祖廟で捕えられた一人は右腕の部分にかなり大きな赤アザがあり、それで万石屋へ押し入った三人組に間違いないということになった。

代官所のほうで、いろいろ調べてみると、それが七化けの太郎次という男を首領にした盗賊で、品川にあいついで起った押し込みも彼らの仕業に違いないことがわかり、間もなく、三人は八丈島送りとなった。

「あとからきいたことでございますが、本当なら、もっと重いお仕置になる筈のものが、命を助けたのは、盗みためた金のありかが、どうしてもわからなかったからで……奴ら

を生かしておいて、なんとか、金のかくし場所を白状させたいお上の方針とか承《うけたまわ》りました」

七化けの太郎次一味が、その頃に盗んだ金は品川だけでも、およそ三、四千両になっている筈で、

「盗みを働いてから、奴らが捕まるまでに、あまり日数も経《た》って居らず、どんな使い方をしても、金をそっくり使い切ることはあるまいと思われますし、必ず、どこかにかくしてあるに違いないと、お上もかなりきびしく責めたそうでございますが、三人とも金のかくし場所は一味の中の卯之吉というのにまかせていて、自分達は五千両たまったら分け前を受けとることになっていて知らないといい張ったようでございます」

彼らの申し立てによると、金を盗む者と、その金を受け取ってかくし場所へ運ぶ者とは常に分れていて、盗みのほうは七化けの太郎次が指揮をとり、金をかくすほうは太郎次の弟である卯之吉が指図をしたという。

つまり、追手がかかった時には、金を持って逃げるのは困難だし、追手の眼をくらますためにも、仲間を二つに分けて行動するほうが安心だと考えていたらしい。

「よく、すりがすりとったものを、仲間へあずけて逃げるように、そんな手を使ったものでもございましょうか」

その夜、万石屋から盗み出した千両の金も、万石屋の裏で待っていた卯之吉らに渡して、自分達は身軽になって逃げたと、三人ともがいった。

「実際、捕まった時、奴らは一両の金も持っては居りませんでした」

「しかし、おかしいではないか」

黙ってきいていた東吾が、はじめて口をはさんだ。

「太郎次達が捕まるほど、追手の数が出たというのに、どうして卯之吉のほうは逃げられたのだ。千両箱を持って、そう早く走れもしまい」

どちらかというと身軽な太郎次のほうが、現場近くにうろうろしていて、金を持ったほうが逃げ切っている。

「それが奴らの手でございましょう。金を無事に持ち出すために、太郎次達はおとりになったのかも知れません」

案外、近くにかくれ家があるのではないかと、そっちもしつこいぐらいに詮議《せんぎ》したが、

「私どものあたりは、みな古い商家でございまして、近所も親代々そこに住みついている者ばかりで……」

うさんくさい家は一軒もない。

「お上では、よほど巧みに変装でもして逃れ去ったのではないかとみているようでございます」

「太郎次たちは、卯之吉らの住み家は知っているだろう、それも白状しなかったのか」

「いえ、それは申したそうでございます」

大森海岸に近い空屋敷が一味のかくれ家で、すぐに捕手がむかったが、もう誰も居ら

ず、その家の床下から天井裏まで探しても、金は出て来なかったという。

「なんとも歯がゆい話でございますが……」

太郎次達は遠島になり、金は出ないままに日がすぎた。

「十日ほど前に、代官所のお手先の方から知らせがございまして、太郎次達が島抜けをしたそうでございます」

おそらく仲間が、漁船でも都合してはるばる脱出の手助けに行ったものだろうが、季節はずれの嵐《あらし》の日に、監視の眼をくぐって、島から逃げ、そのまま行方知れずだという。

「嵐の夜のことで、そのまま海に呑《の》まれでもしたのならよろしゅうございますが、ひょっとして江戸へ舞い戻って来ないとは申せません。そこで、心配になりますのは、乳母の娘のおきくのことでして……」

一度は容疑が晴れかかった盗賊達が、遂《つい》にごま化し切れなかったのは、おきくが首実検をしたからであった。

おきくの申し立てで、彼らは逃れられなくなった。

「もし、そのことを知ったら、奴らがおきくに仕返しでもするのではないかと、店の者も心配いたして居りますので……」

「おきくさんという娘さん、まだ、お宅にいるんですか」

るいがきき、新兵衛がうなずいた。

「母親は九月の末に歿《なくな》りまして、そのあと、木更津に帰っても、たよりになる者もないと申しますんで、ずっと家で働かして居ります」

気立てもいいし、働き者で、愛敬《あいきょう》がいいから、男達に好かれ、すっかり万石屋に居ついてしまっているのだが、

「いっそ、木更津へ帰したほうがよろしゅうございましょうか、本人は帰りたくないといい張って居りますが……」

新兵衛は思案投げ首といった恰好《かっこう》で、東吾へ問うた。

二

その夜は「かわせみ」へ泊り、翌日、品川へ帰るという新兵衛の予定をきいてから、東吾は八丁堀へ戻った。

夕刻まで待っていると、町廻りをして来た定廻《じょうまわ》り同心の畝源三郎《うねげんざぶろう》が帰ってくる。

「そういう話はよくあるのです」

賊が密告によって捕えられたりした時に、密告した者を怨《うら》んで、娑婆《しゃば》へ戻って来てから仕返しをするということは珍しくないと、東吾の話をきくなり、源三郎はいった。

「取調べのほうも気をつけていて、目撃した者とか生き証人を犯人と対決させることはまずしませんし、名前が犯人に知れないように気を遣っているのですが、奇妙なことに必ずといってよいほど、犯人はそのことを知ってしまうようですな」

したたかな者ほど、牢《ろう》内に顔がきくし、裏からのつけ届けも行きとどいているために、

彼らが知りたいことは、おおむね耳に入るものらしい。

一度、奉行所へ引き返して、源三郎は島抜けの話をたしかめて来た。

「間違いありません、生きたか死んだかは別として、太郎次達は島抜けをやったようです」

もし、脱出に成功していると、日数からいって、そろそろ、品川に姿をみせても不思議はない。

「それにしても、気になりますな」

大枚の金がどこにかくされたか、一味の卯之吉達がどこへひそんでいるのか、品川の代官所では、まだなにもわかっていないらしい。

「源さん、品川まで行ってくれないか。正直なところ、俺は乗りかかった船で弱っているんだ」

万石屋新兵衛が、「かわせみ」の常客というところが、東吾の泣きどころである。「かわせみ」へ持ち込まれた事件を、知らん顔するわけには行かない。

「お供しましょう、上役に話をしておきます」

東吾の顔色をみて、あっさり源三郎は承知した。

翌日はいったん、「かわせみ」へ行って、新兵衛にその旨を伝え、やがて三人連れ立って大川端を発《た》った。

東吾と源三郎が品川まで出かけて探索に力添えをするということに、万石屋新兵衛はひどく恐縮もしたが、喜んでも居た。

「お上のことをとやかく申すようで恐れ入りますが、どうも代官所のお調べは手ぬるいようで……」

男の足だから、大川端を発ったのは決して早くはなかったのだが、午《ひる》すぎには、もう品川へ入って、万石屋に草鞋《わらじ》を脱ぐ。

新兵衛が指図して遅い午食が出され、一服してから、蔵を見た。

九月に賊が入った時にこわされた錠前はすっかり新しくなっている。

江戸では、ちょっとみない南蛮錠である。

「長崎から持って来たものでございます」

この前に懲《こ》りて、つけ替えたという。

「こいつは馴れた奴でも、ちっとやそっとでは、こわせないな」

釘《くぎ》一本で、厳重な錠前をはずしてしまう器用な盗賊も、目新しい南蛮錠には手を焼くに違いない。

やはり、この前の夜に盗賊がそこから入ったという裏木戸も掛け金が新しくなっていた。

「こちらは錠をこわされたのではございませんで、どうやら閉め忘れたようでございます」

平素はそんなことは絶対になかったのに、

「盗賊に入られる時は、そんなものでございましょう」

千両からの金を盗まれては、流石《さすが》の万石屋も痛手は大きく、この暮は悪くすると持船の一つを手放すことになるかも知れないという。

蔵の外は庭であった。植込みの間を戻ってくると、若い娘が二人、奥から出て来たところであった。

一人は船の形をした器に饅頭《まんじゆう》を盛ったのを持っている。

「娘のお信でございます。そっちに居りますのが、お話し申しましたおきくで……」

お信というのは、今年十五、父親によく似た下ぶくれの顔で、まだ子供らしく、あどけない感じであったが、おきくのほうは十七というにしては、ませていた。背も高く、細面《ほそおもて》で、なかなかの美貌《びぼう》である。笑うと八重歯がのぞいて、その時だけ年齢並みの表情になる。

「媽祖様にお供物を持って参ります」

お信にかわって、おきくが新兵衛にいった。

「今月は、月番でございますので……」

うなずいている新兵衛へ、東吾がきいた。

「媽祖廟がこのあたりにあるとは珍しいな、わざわざ勧進したのか」

「媽祖廟を御存じでございましたか」

「長崎の万福寺に、媽祖廟があるのをみたが」

目付として長崎へ出張した兄嫁の父について、長崎へいった時のことである。

「道理でかわせみでお話し申しました時、お訊《たず》ねがないと存じました」

廻船問屋仲間で、もう五十年も前に、媽祖廟を建立し、毎年、菩薩祭を行っているという。

娘二人について、東吾と源三郎はその媽祖廟へ出かけた。

「なんですか、媽祖というのは……」

さっきからききたそうにしていた源三郎が、万石屋を出るとすぐにいった。

「唐人の海の神さまなんだ」

航海の安全を祈るために、唐人は媽祖を祭り、その祭日には必ず船の形をした供物に、饅頭や魚、穀物などを盛り上げて、媽祖の神に捧《さき》げる。

「媽祖菩薩とか、娘々菩薩とかいうのが、神の名前なんだが、俺のみた本尊の像は、女神にしては、ひどくおっかない顔をしていたよ」

「要するに金比羅さまのようなものですな」

源三郎がわかったような返事をした時、そこだけこんもりした木立がみえ、その中に唐風の廟が極彩色に塗った柱や壁を冬の陽《ひ》の中に浮び上らせていた。

「成程、唐人好みですな」

源三郎が感心して眺《なが》めた。

柱は朱で、扉は緑と朱と青で、正面に竜の絵が描かれている。

屋根の瓦《かわら》は緑色で、その東西南北に魚の形をした置き物がのせてある。

扉は閉っていた。そこにも大きな南蛮錠がついている。

内陣は外からみえなかった。

従って、内陣に祭ってあるであろう媽祖の像もみえない。

女たちは、持って来た供物を階段《きざはし》の上に供えて合掌している。

「扉は開けないのか」

お詣《まい》りのすむのを待って、東吾がきいた。

「年に三度しか開けないんです」

お信が子供らしい調子で答えた。

「お正月の七草までと、春のお彼岸と秋のお彼岸はおよそ半月ずつ、お扉をあけて、媽祖様のお姿をみせますけれど、普段は閉めておくんです」

「それにしても、大層な錠をつけたものだな、まさか、廟の中に千両箱がしまってあるわけでもないだろう」

東吾の言葉にお信が笑い出した。

「長崎からとりよせた南蛮錠を組合の皆さんで分けたら一つ余ってしまったんです、使わないのも勿体《もったい》ないって、ここにつけたそうですよ」

「鍵は誰が持っている」

「岩城屋さんだと思いますけれど……」

品川の廻船問屋では一、二を争う老舗《しにせ》であった。

散り残った銀杏《いちょう》が、梢《こずえ》で風に吹かれている境内は、たいして広くはないが、樹木は多い。廟の後には山茶花が咲いていた。

「彼岸の時は半月、扉を開けるといったな」

ぶらぶら帰りかけながら、東吾がお信にいった。

「夜は閉めるのか」

「はい」

「この前の秋の彼岸の時もそうか」

「ええ」

「すると、夕方になると岩城屋から鍵をもって来て閉めるわけだな」

「この前のお彼岸には、まだ南蛮錠がなかったんです」

無邪気にお信が答えた。

「南蛮錠がない……」

「南蛮錠が来たのは、うちが襲われてからですもの」

「そうすると、あそこの扉にはどんな鍵がかかっていたのだ」

お信は首をかしげた。

「普通の掛け金だったと思います。別に廟の中には千両箱がしまってあるわけではありませんもの」

先刻、東吾のいった冗談を受けた答え方をして、くすくす笑っている。

子供子供しているが聡明《そうめい》な娘だと東吾は思った。

おきくのほうは女中という立場を守って、口数も少なく、ひっそりと後からついてくる。

「乳母の娘さんだってね」

ひょいと東吾がふりむいた。

「いつ、木更津から出て来たんだ」

「夏の終りでございます」

慎《つつ》ましくおきくが返事をした。

「おっ母さんの病気の知らせを受けて来たのか」

「いえ……」

お信が先に答えを取った。

「うちで乳母の娘へ知らせをやろうとしている時、おきくが出て来たんです」

おせいが卒中で倒れて、木更津にいる娘へ使をやろうかと話している時に、ひょっこりおきくが万石屋へやって来た。

「あたし、木更津にいても仕方がないので、おっ母さんを頼って、江戸で働きたいと思って出て来たんです。そしたら、おっ母さんが倒れたってきかされて……」

低い声でおきくが続けた。

「そりゃ仰天したろう」

「はい、でも、おかげさまでおっ母さんをみることも出来ましたし、野辺送りも出来ましたので……」

「乳母は、とても信心深かったんです。仏さまが、きっとおきくを江戸へ呼んで下すったんですよ、よく虫が知らせるって、あれはやっぱり神さま仏さまの思《おぼ》し召《め》しのことなんでしょう」

話している中に、万石屋の裏木戸へついた。

塀《へい》のむこうに、蔵がみえる。

「あれだな、さっきみせてもらった蔵は……」

裏木戸から入って、東吾は勝手口をのぞいた。女中達がもういそがしげに働いている。

「おきくといったな、あんたが手水場の窓から、盗賊をみたというのは、どのあたりだ」

勝手口へ入って行きそうにしたおきくは、東吾にきかれて、勝手口の左側へ行った。

「あそこです」

成程、手水場らしい窓があった。

裏木戸と蔵との、ちょうど中間のあたりである。

「源さん、ここに居てくれ」

東吾がすたすたと勝手口へ入って行った。

手水場の窓が内側から開いて、笑いながら畝源三郎をみる。

やがて戻って来た。その時には、東吾と源三郎の帰って来たのを知った主人の新兵衛が中番頭の清吉というのを迎えに出させて、改めて奥座敷に案内した。

今夜は泊って行ってくれというのを、東吾は辞した。

「八丁堀の定廻りの旦那が、そう幾日も江戸をはなれるわけには行かないのだ」

おきくという女中を、暫《しばら》く「かわせみ」であずかってはといい出した東吾を、畝源三郎は苦笑して眺めている。

「かわせみへ移ったことは、御主人だけの胸におさめておいてもらいたい。これから我々は代官所へ寄って夕刻品川を発とうと思う」

夜になってから、おきくを品川の宿場にある「初音」という料理屋へよこしてくれと東吾はいった。

「誰にも知られぬように、俺達が連れて帰る」

新兵衛は喜んで承知した。

「そうして頂ければなによりでございます。かわせみには御迷惑をかけますが……」

「長い間ではあるまい。太郎次が舞い戻ってくるのを、お上も手をつかねて眺めているわけではない、帰ってくれば、その時こそ、奴らを一網打尽にするだろう」

「なんとか、そう願いたいものでございます」

万石屋を出て、東吾と源三郎はその界隈《かいわい》を一通り歩き廻った。

狭い土地で、見知らぬ他国者が入ってくれれば、忽《たちま》ち目立ってしまう。この附近に盗賊がかくれ家を持つなどとは、思いもよらなかった。

「かくれ家は、奴らが白状した大森海岸の空家だったのでしょうかね」

歩きながら源三郎がいった。

「奴らの打ち合せ場所だったかも知れないが、金のかくし場所にしては遠すぎるな、あんなところまで運んで行けば、否《いや》でも人眼につくだろう」

「もっと近くに、金のかくし場所があるわけですか」

「源さん、すまないが、代官所で、万石屋をはじめ、七化けの太郎次の一味が荒らし廻った一件をきいて来てくれないか」

源三郎は心得て、一人で代官所へ入って行った。東吾は一足先に「初音」へ行って、酒を飲んでいる。

一刻あまりで、源三郎は「初音」へやって来た。

「たいした収穫があるとは思えませんが、きけるだけはきいて来ました」

懐中から出した半紙に達筆で、七化け一味の押し込んだ店の名と、その日、奪われた金額などが綿密に書きつけてある。

僅《わず》か十日の間に四軒が被害にあっていた。奪われた金は万石屋が最も多く、四軒合せて千両箱が三つは並びそうな勘定であった。

「随分、強引な盗みをやっていますね」

源三郎が感想を述べた。

「普通、これだけの金を手に入れたら、それなりに要心して、次の盗みまでにかなりの間をとるものです。押し込んだ店も近所なら、盗みに入った日もたて続けです。よくよく早急に金が欲しかったのか、それとも、盗みに必ず失敗しないという自信でもあったのか」

とにかく、押し込みの常識外だと、源三郎は変なところで感心している。

「見当はその辺だな」

品川の代官所でも島抜けをした太郎次らに神経を遣って、何人かが張り込みをしたりしているが、今のところ、それらしい姿をみたという知らせはないということであった。

「もっとも七化けの異名のある男のことです。変装はお手のものでしょうから、油断は出来ません」

おきくを万石屋から他へ移すのは、賛成だと源三郎はいった。

「しかし、東吾さん、なんでも、かわせみへ持ち込むのは今度でやめたほうがいいと思いますよ。もしも、かわせみになにかがあったら……」

いいかける源三郎へ東吾が笑った。

「かわせみには俺が泊り込むよ、兄上にはわけを話して許してもらう。おおっぴらに、かわせみに泊り込めるんだ。俺も案外、智恵者だとは思わないか」

あけすけな東吾に、謹厳実直な独り者の友人は苦笑して黙々と飯を食いはじめた。

約束通り、おきくは一人で「初音」へやって来た。

「旦那様のお申しつけで参りましたが……」

おきくは、「かわせみ」へ行くのが不安そうであった。

「お上のいう通りにしたほうがいい、万石屋にも迷惑のかかることになるかも知れないのだ」

東吾にいわれて、しょんぼりと肩を落している。

「お前はお上のお手助けをしたのだ、お前の身の安全をはかるのは、お上のつとめなのだ」

いいきかせて、やがて、おきくを駕籠《かご》に乗せ、源三郎と東吾は夜の中に、大川端まで帰って来た。

おきくをあずかることに「かわせみ」の誰も異存がなかった。こんなことは大好きな「かわせみ」一家でもある。

「しっかり守ってあげなけりゃいけませんよ。おきくさんのように、お上のお役に立った人間がとんでもないことになったら、世の中まっくらやみじゃありませんか」

るいが女長兵衛を気どって、おきくの気持を引き立てた。

当分は、お吉《きち》の部屋に一緒に寝泊りすることになった。

「七化け一味がつかまるまで、俺もかわせみにいるよ、兄上には源さんが事情を話しに行ってくれる」

東吾はすまして、さっさとるいの部屋へ入り込む。

「おい、当分、おおっぴらだぞ」

抱きすくめられて、るいは言葉もなく、男の胸に顔を埋めた。

源三郎はとっくに退散してしまっている。

三

何事もなく七日が過ぎた。

その日は、るいの誕生日で、東吾はいつもより二、三本多く酒を飲み、「かわせみ」の奉公人にも尾頭つきの膳《ぜん》が出て、宵《よい》の口から、賑《にぎ》やかであった。

地震があったのは、四ツ半（午後十一時）すぎで、東吾はるいの膝枕《ひざまくら》でうとうとしていた。

大きな揺れが数回、襲って来て立って居られないようなのに、「かわせみ」は奉公人のすべてが機敏に走り廻って、行燈《あんどん》を消し、火に水をかけた。

そのおかげで、どの部屋からも火を出さず客は中庭に避難させて、揺れのおさまるのを待った。

幸い、被害は天井からおびただしく泥が落ち、玄関わきの石燈籠《どうろう》がひっくり返っただけですんだが、深川や本所に火の手があがって一時は大火になるかと思われる騒ぎであった。

地震がおさまってから、東吾は一度、八丁堀へ帰り、兄の屋敷の様子をみたが、そっちも何事もないとわかると、そのまま、「かわせみ」に戻って来た。

品川の万石屋から、中番頭の清吉が、「かわせみ」を訪ねて来たのは、翌日の午後で、

「旦那様のお申しつけで、日本橋のお得意様の地震見舞に参りまして、ついでと申してはなんでございますが、こちらの御様子もみてくるように申しつかったものですから……」

たいした被害のなかった「かわせみ」に、安心した表情をみせた。

品川のほうも火事を出した家があったが、大方、消しとめて、万石屋にも別状はないという。

「ただ、媽祖様の廟の屋根が落ちまして、早速、修理がはじまって居ります」

唐国風の大屋根は派手なかわりに、地震にはもろかったようであった。

こんな際だからと、るいがすすめても上には上らず、清吉は小半刻（約三十分）も話をしただけで、律義《りちぎ》に品川へ帰って行った。

「かわせみ」にさわぎが起ったのは、その翌朝で、台所で働く女中達の中では一番先に起き出すお吉が、けたたましく、るいの居間へとんで来た。

「お嬢さん、どうしましょう、おきくさんの姿がみえないんですよ」

るいは起きて身じまいをしている最中だったが、隣の部屋には東吾がまだ眠っている。

「しずかにしておくれ、東吾様が目をおさましになるじゃないか」

だが、その東吾は、寝巻のまま、次の間から出て来た。

「おきくの姿がみえないのか」

「はい、あたしが眼をさました時には、もう布団にいないんです」

手水にでも行ったのかと、お吉は台所へ出て仰天した。

勝手口の戸があいていて、そこに見憶《おぼ》えのあるおきくの半纏が落ちていた。

誰かに声をかけられたか、物音でもきいて起きて来たところを、力ずくで連れ去られたのではないかとお吉はいう。

「手前は、なんの物音もきいて居りません。夜半に見廻った時には、勝手口にも変りはございませんでしたし……」

帳場の奥に寝ている嘉助があっけにとられた。もっとも、嘉助の部屋は玄関に近く、勝手口からは、かなり遠いから、物音がきこえなくとも、それほど不思議ではなかった。

「それにしても、もし、おきくさんが声でも立てれば、手前が気がつかないわけはございません」

八丁堀育ちで、眼ざといのが自慢の嘉助であった。

「まさか、七化け太郎次の一味が、ここまで来たのでは……」

るいはまっ蒼《さお》になり、東吾は慌《あわただ》しく身仕度をした。

「とにかく、品川へ行ってくる」

「私も参ります。万石屋さんにお詫《わ》びを申し上げねば……」

八丁堀の畝源三郎のところへは、嘉助が走った。

その間に東吾はもう一度、「かわせみ」の勝手口のあたりを念入りにみて、呼びよせた駕籠に、るいを乗せ、品川の万石屋へ向った。

着いてみると、万石屋も大変な騒動であった。

「清吉が殺されました……」

新兵衛が、上ずった声で東吾に告げた。

今朝、みんなが起き出してから清吉の姿のみえないのに気づいて、どうしたものかと不安になっているところへ知らせが入り、清吉が、表通りに近いところで斬殺《ざんさつ》されているという。

るいを万石屋へ残して、東吾はすぐ現場へ行った。

ちょうど万石屋から表通りへ抜ける途中で、左の道を行けば媽祖廟の森へ出て、右へ行けば海である十字路のわきに、清吉の死体がむしろをかぶせてある。

傷口は肩先から一太刀、他に脇腹や胸などをめった突きにしてあって凄惨《せいさん》なものであった。

死体をみつけたのは、朝一番にこのあたりに来るしじみ売りで、腰を抜かして番屋へかけ込んだという。

代官所からも役人が出て、取り調べているが、七化けの太郎次の一味ではないかというだけで、下手人の目星もついていない。

それにしても、夜明け前のこんなところへどうして清吉がやって来たのかわからなかった。

「清吉はかたい男で、女遊びの噂《うわさ》もききません。昨夜も、きまりの時刻に自分の部屋へ寝に行った筈でございます」

万石屋の奉公人の中、大番頭は通いだが、他は店の二階に寝泊りしている。みんなは六畳に四人ずつ、二部屋に分れているが、清吉は歯ぎしりがひどいので、以前、布団部屋に使っていた三畳に、一人だけで寝ていた。

清吉が店を出て行ったのを見た者はなかったが、今朝、勝手口と裏木戸の鍵があいていたところをみると、清吉が自分で万石屋を抜けて行ったとしか思えない。

「なにしろ、みよりのない男で、もともとは荷揚げ場で人足をして居りましたのを、華奢《きゃしゃ》で小柄な体つきでございますから、力仕事は無理だと申しましたら、算盤《そろばん》が出来るので店で使ってくれと頼まれまして、見習のつもりでおいてみましたところ、律義で気働きのきく者だとわかりまして、そのまま、店へおくことに致しました」

かれこれ五年も前の話だと新兵衛はいった。

夕方には、調べの終った清吉の遺体が万石屋へもどされて来て、「かわせみ」から姿を消したおきくのことも心配ながら、店中は通夜の仕度でごった返した。

そんな最中に東吾はるいを連れて、媽祖廟まで行った。

成程、清吉が話したように大屋根がくずれ落ちて、ぽっかり大きな穴があいている。

入口の南蛮錠も修理のために、はずされて外から内陣がみえた。

媽祖菩薩の仏像は、東吾がかつて長崎でみたものと寸分違わない。両足を左右にひらいて、足の下に二艘《そう》の船をふんまえて立っている姿であった。船の下は波をかたどった台座で高さが四、五尺もある。

「なんだか、うす気味悪い神さまですね」

両手を合せながら、るいは眉《まゆ》をひそめた。

万石屋へ戻ってくると、

「おきくが戻って来たんです、怪我をして」

お信がふるえながら告げた。

女中部屋でおきくは死んだようになって介抱されていた。体のあちこちにすりむいたあとがあり、恐怖で口もきけないような状態である。

「昨夜遅くに、かわせみの勝手口のほうで名前を呼ばれたように思ったんです。半纏を羽織って行ってみると、外から清吉さんの声がしました。なんだろうと思ってあけると、いきなり男がとびかかって来て、あとはおぼえていません」

駕籠に押し込まれて、運ばれて、両手を縛られて海の近くの空屋敷において行かれたと、どもりながらおきくは訴えた。

「このままでは殺されると思って、必死でもがいている中に縄がはずれて、あとはどこをどう歩いたのか、気がついた時はお店の前まで来ていました……」

それだけいうのがせい一杯で、あとは身を慄《ふる》わせて泣いている。

医者が来て、半狂乱の状態だから寝かせるのが一番だと薬を飲ませ、女中部屋に寝かせることにした。

そんなこんなで、東吾とるいも、つい、大川端へ帰りそびれた。

「今夜はどうぞお泊りになって下さいまし」

新兵衛が心得て、奥の間に二人の床を並べて敷き、その好意に甘えることになった。

二人だけになったのが、もう夜半であった。

「疲れているのにかわいそうだが、おきくの様子に注意していてくれ」

袴《はかま》も脱がずに、東吾がいい、るいは眼をみはった。

庭をへだてて、女中部屋であった。

「ここから見張っていて欲しい。俺はちょっと出かけてくる……」

もう真夜中だというのに、東吾はるいを一人残して、店のほうへ出て行った。

帯も解かず、るいは庭へ向った雨戸を少し開けて、おきくの眠っている女中部屋を凝視し続けた。

一刻ほども、そうしていただろうか、流石に疲れが出て、ついうとうとしかけたるいは、かすかな音で眼をさました。

女中部屋の雨戸がそろそろとあいている。音もなく、おきくが庭へ出て来た。

別人のような精悍《せいかん》さで、庭を横切り、裏木戸のほうへ行く。

るいも庭へ出た。東吾に知らせたいが、肝腎《かんじん》の彼は出て行ったきり戻って来ない。万石屋の誰かを起すことも考えたが、そんなことをしていると、おきくを見失いそうであった。

足袋《たび》はだしのまま、るいは尾《つ》けた。夜気は冷えて、地は凍ったようだったが、それを気にする余裕はない。

はっとしたのは、おきくが小走りに行く道のむこうに媽祖廟の木立が、月光に浮んでみえたからである。

おきくはためらいもせず、開けっぱなしになっている内陣へ入った。あたりを見廻してから、媽祖の像に手をかける。五歳の子供ほどの大きさの仏像を引き下ろし、二艘の船を台座からはずした。波の形をした台座の上の部分を力をこめて押す。

「おきく、やっぱり、ここだったのか」

階段の下にいたるいの耳に男の声が入った。同時に内陣の中に蠟燭《ろうそく》の火が点《とも》った。

男が三人、おきくを取り巻くようにして立っている。

「よくも裏切りやがったな」

声と同時に白刃がひらめいて、るいは思わず叫び声を上げた。

男が内陣からとび出してくる。

「女が居たぞ」

三人がそろって、るいを追った。

夢中で走り出したるいの背後に絶叫が起った。

月光の中で、東吾が三人を相手にしていた。

一人の足を払い、一人を峰打ちにして、逃げようとするもう一人の前に畝源三郎が立ちふさがった。

月夜の捕物はあっけないほど早くにかたがついた。

四

「おきくは、乳母の娘のおきくじゃなかったんだ」

七化けの太郎次の一味で、太郎次の女でもあったお辰というのが本当である。

事件から二日が経った「かわせみ」の午後で、るいの部屋には源三郎も嘉助もお吉も顔をそろえて、東吾の話をきいている。

「万石屋の者は一人として、おせいの娘の顔を知らないんだ。おせいという女は亭主に死なれて、娘を親類にあずけて万石屋へ奉公して十五年にもなる。当人が木更津へ娘の顔をみに帰ることはあっても、娘のほうは江戸へ出たことがないから、万石屋では娘の名前がおきくというのはきいていても、顔は誰もみたことがないんだ」

東吾がおかしいと思ったのは、おせいが卒中で倒れて口もきけない状態になっていた時、まだ木更津に知らせも行かないのに、おきくが万石屋へ現われたときいた時からである。

「世の中には偶然ということもあるさ。お信のいうように神さまの思し召しかと思うこともある。だが、はっきり、これはいけないと思ったのは、万石屋に入った盗賊を、おきくが手水場の窓からみて、二の腕に赤いアザがあったと証言した話をきいてからだ。俺は手水場へ行ってみた。外は暗いし、窓は小さくて格子がはめてある。手水場からのぞいているおきくを気づかずに賊が通って行ったとしたら、そんなに手水場の近くのわけがない。二の腕の赤いアザなんか、みえるものか」

これは、盗みためた金欲しさに、七化けの一味が仲間割れをしたのではないかと考えて、まず、おきくを「かわせみ」へ移した。

「万石屋の中に、おきくの仲間がいるのじゃないかと思ったんだ。卒中でおせいが口もきけなくなった時に、おきくが都合よく万石屋へ乗り込むためには、万石屋の家の中の事情にくわしい者が片棒をかついでいなければならない」

それと、東吾が眼をつけたのは、七化け一味が秋の彼岸の前後に続いて押し込みを働いたことである。

「お信がいったんだ、媽祖の廟の扉が開くのは彼岸の半月だと……」

媽祖廟のどこかに盗んだ金をかくしておいて、ほとぼりがさめてから取り出すつもりだったのではないかと見当をつけた。

「清吉とおきくは、太郎次の眼をかすめていい仲になっていた。金と色の両方から、邪魔になる仲間を消すことを考えて、おきくが目撃者になった。首尾よく、仲間は島流しになったが、どっこい、あてがはずれたのは、媽祖廟に南蛮錠がとりつけられてしまったことさ。釘一本でどんな鍵でも開けてみせる清吉も南蛮錠には歯が立たない。結局、正月に廟の扉のあく機会を待って、おきくはそのまま、万石屋に女中となって働いていることになった。そこへ、太郎次たちが島抜けをして帰って来たという寸法だな」

焦った二人にとって、都合のいいことに、地震で媽祖廟の屋根が落ちた。修理のために南蛮錠は開かれた。

「地震の翌日、清吉はおきくにそれを知らせるために、かわせみへ来たんだ。清吉が、かわせみに来た時、俺はおきくの相棒が清吉だとわかった」

「それじゃ、おきくがあの晩、かわせみを抜け出して行くことも、御存じだったんですか」

「多分、そうなるのじゃないかと思ってはいたんだ。それでも半信半疑だった。おきくが居なくなったので、間違いないと思ったんだ」

実をいうと、あの夜は源三郎の手先が、「かわせみ」に張り込んでいて、ずっとおきくを尾けたという。

おきくはまっしぐらに品川へ向ったが、そのおきくを待っていた清吉は、彼を見張っていた太郎次の仲間に殺された。

「おきくを野放しにしておいたのは、金のかくし場所を知るためだったんだ。太郎次の一味も……俺達も……」

「おっかない女をかわせみに泊めちまったものですねえ」

お吉が嘆息をつき、東吾がるいの肩を抱いて笑った。

「だから、俺がずっとかわせみに泊り込んでいたんじゃないか」

るいにも、「かわせみ」のみんなにも指一本触れさせるものかといいたげな東吾に、なんとなく、お吉も嘉助も微苦笑し、源三郎が大きなくしゃみをした。

今朝は、るいの居間の庭の山茶花は、六つも新しく花が咲いている。

大川端は、ぼつぼつ冬景色であった。

女難剣難《じょなんけんなん》

一

その正月、るいが元旦の挨拶《あいさつ》に神林家を訪れた時、奥のほうから、かなり賑やかな笑い声がしていた。

「源三郎さんだけなのですよ、大層、面白いお話の最中ですから、あなたもちょっとときいてお出《い》でなさったら……」

裏口で挨拶だけして帰ろうとするるいを香苗が制《と》めて、手をとるようにして奥へ連れて来た。

成程、そこは客間ではなく、通之進の居間で、通之進と東吾、それに畝源三郎だけでくつろいだ気分であった。

「おるいさんが、新年の御挨拶に来て下さいましたので……」

香苗が恐縮しているるいを夫に取り次ぎ、

「いつも、東吾が厄介をかけているようだな」

通之進が微醺《びくん》を帯びて、るいに声をかけた。

「八丁堀では、神林東吾はいつかわせみへ聟《むこ》入りするかと楽しみにしているそうだが……」

冗談のように笑われて、るいは真赤になって手を突いたきり声も出なくなった。

「るいに盃を……」

通之進は、そんなるいを眺めて、香苗に屠蘇《とそ》を運ばせた。

珍しく通之進も酔っているし、源三郎も赤い顔をしている。

「かわせみの聟入りよりも、源さんの聟入りのほうが早くはありませんか」

東吾は落ちつき払って、兄へいった。

「相手は水戸の豪商の娘だそうですからね、嫁にもらってもよし、聟入りしてもよし、案外、町廻りで背中にひびを切らしているより、そのほうがいいかも知れませんな」

東吾が笑うと、源三郎はむきになって手をふった。

その恰好が可笑《おか》しいといって香苗が笑いくずれる。

いつも謹厳な雰囲気《ふんいき》のある座敷が、こんなにくつろいでしまっているのは、どうやら畝源三郎の縁談の所為《せい》だと、るいは見当をつけた。

「畝様の御縁談というのは、どういうお話でございますの」

それを、るいが訊ねたのは、神林家に一度、途切《とぎ》れた年始の客がどやどやとやって来て、るいが暇《いとま》を告げて帰ってくると、間もなく、追いかけるように、東吾が源三郎を伴って「かわせみ」へやって来てからであった。

「どうも鹿爪《しかつめ》らしい客ばかりなので、源さんと逃げ出して来た」

もう、かなり飲んでいるらしいのに、やはり、るいが用意した正月料理で軽く酒になる。

「目下、見染《みそ》められて追い廻されている最中だからおかしいだろう」

るいの問いに、東吾はそんな返事をした。

「畝様が見染められたんですか」

女中頭のお吉が料理を運んで来て、すっとんきょうな声を出し、「かわせみ」の居間も忽ち、正月気分になった。

「いったい、どちらのお嬢さまで……」

東吾に呼ばれて、酒の相手をしていた番頭の嘉助までが、好奇心を丸出しにする。

それくらい、畝源三郎は「かわせみ」一家の者にとっても、他人でなくなっている証拠であった。

「水戸の材木問屋の娘だそうだ。大層な金持らしい。おまけに色っぽい美女と来ている」

神林家で通之進が話していたのを補足するように、東吾は順序を追って説明した。

「そもそもは、町廻り中の源さんをどこかで見染めたんだな。人にきいてみると、八丁堀の定廻りの旦那でまだ独り者という。忽ち、娘はぼうっとなって、なんと、毎日のように八丁堀近くの橋の袂《たもと》に立っていて、町廻りに出かける源さんに秋波を送っている。それが碁の話で、水戸の親は娘が江戸へ出たきり帰って来ない。つけてやったお供がこれこれだと知らせたから、びっくりして江戸へ来た。相手が侍だから身分違いだと説得したが、娘は、がんとして受けつけない。仕方なく、娘を残して、又、水戸へ帰って、目下、然るべき筋を通して、畝家へ縁談を持って来ようという寸法だ」

得意そうな東吾の長広舌《ちょうこうぜつ》に、おそらく話半分だろうと、るいが訊ねた。

「本当ですか、畝様」

その時の源三郎の返事がふるっていて、あとあとまで「かわせみ」の語り草になった。

「本当なので、まことに困惑しています」

二

「畝様、どうなさるのでしょう、そのお方のこと……」

その夜、源三郎が帰ったあとで、るいは寝そべっている東吾の足袋を脱がせながら、訊ねた。

「どうするかは、源さんの胸三寸だな。あいつが女にもてるなんて、今年は初春《はる》から荒れそうだぞ」

「どなたかさまでなくて、お気の毒でございましたね」

「俺はどこへ行っても煙管《きせる》の雨が降るんだ。水戸の女まで引き受けてたら、体がもたなくなる……」

るいがつねって、東吾は大袈裟《げさ》に声をたてた。

「お屋敷へお帰りなさいませんと、兄上様に叱《しか》られますでしょう」

「馬鹿いうな、今夜は姫はじめだぞ」

さあっと首筋まで紅を散らしたようになったるいを抱いて、東吾は「かわせみ」へ聟入りしたような顔である。

畝源三郎が水戸の豪商の娘に見染められて、その娘が毎日、八丁堀へ源三郎の顔をみにくるという話は、間違いではなかった。

「あの辺りの商家でも、もう知って居ります」

三ガ日がすんで、近くへ用足しに出た嘉助が真面目《まじめ》な表情で報告した。

毎朝、橋の袂にお高祖頭巾《こそずきん》をかむって、お供の手代らしいのがついた娘が、立っていて、町廻りに出かける畝源三郎を熱っぽい眼で見送っているという。

二、三日中に、るいを除く「かわせみ」のみんなが、その女をみに行って来た。

なにしろ、大川端町は八丁堀に近い。

「お高祖頭巾をかむってますから、顔はよくみえませんけど、美人のようですよ」

女にしては上背のあるほうで、体つきはどちらかといえば、ぼってりしている。肉感的な女だというのが、「かわせみ」の女たちの共通した意見だった。

「畝様には、ちょっと重荷かも知れませんよ」

お吉はしたり顔で、首をひねっている。

その頃になると、娘が深川あたりの知人の別宅に身をよせていることだの、ついているる手代の名前が忠吉といい、これが、小柄だが、ちょっといい男だのという噂も、「かわせみ」の台所でささやかれていた。

娘の名は、

「おとよさんというそうですよ」

と、これも、どこできいて来たのかお吉がすまして、るいにいった。

「畝様のお気持はどうなんでしょうね」

「かわせみ」の女達のもっとも知りたいのは、結局、その点だったが、肝腎の畝源三郎は、毎日、黙々と町廻りを続けているだけで、橋の袂の娘との仲は一向に進みそうもない。

「畝様は朴念仁《ぼくねんじん》だから、東吾様が口をきいて差し上げないと、どうにもならないんじゃありませんか」

お吉は、るいから東吾にそういってもらって、源三郎とその女の間をまとめるにせよ、こわすにしろ、どうにかして欲しいような口ぶりだったが、るいは東吾に仲へ立ってもらいたくなかった。

惚《ほ》れた欲目でいうわけではないが、源三郎よりは男ぶりからいっても数段、立ちまさっていると思われる東吾がうっかり口をきいて、もしも、その女が源三郎よりも東吾に夢中になるようなことがないとはいえないと、るいは考えている。

道で逢《あ》ったくらいで男を見染めるような女だから、さぞ惚れっぽい性格に違いないし、第一、肉感的で色っぽいというのが、どうも気にかかった。

そんなことを考えている時のるいは、もう東吾に対して焼餅《やきもち》をやいているので、どことなく眼がうるんで、胸が一杯になってしまうのだ。

そして、江戸の初春は、掏摸《すり》の被害が急に増えた。

もっとも、暮から正月にかけては掏摸の稼ぎ時といわれる季節で、町はどこも人の出入りが多くなり、盛り場や神社仏閣は参詣人で混雑する。

懐中に大金を持つ人も少なくないし、正月の酒に酔って、ぼんやりしていることも多い。

それにしても、被害が大きいし、手口が荒っぽいのが、今年は目立った。

「おそらく、同じ仲間だと思われますが、夜の働きが多い、人殺しも平気なことが、いささか、他の掏摸仲間とは変って居ります」

掏摸は指先一つで相手に気づかれずに財布をすりとるのが芸といわれ、刃物を使って相手の着物を傷つけたりするのなぞは、掏摸の面汚しとされているので、そういう意味では掏摸というより、ひったくり、追いはぎのほうに区別するべきではないかと、源三郎はいう。

それなのに、掏摸の部類に入れて、八丁堀が探索しているのは、被害者で、人がかけつけた時にまだ息のあったのが、

「掏摸にやられた」

といい残したことから始まっている。

「それも、女掏摸らしいのです」

小柄でお高祖頭巾をかむっているという。

ぶつかりざまに金を掏《す》摸って、相手が声をあげるか、追いかけようとすると、匕首《あいくち》でずぶりとやって逃げる。

このところ、江戸では掏摸られたとわかっても、声をたてるな、さわがず、じっとしていれば、命だけは助かるといいはやされているほど、掏摸にやられて命を落した者が目立つらしい。

「お高祖頭巾をかむった女の掏摸ですか」

東吾から話をきいて、「かわせみ」の女たちはなんとなく、源三郎に惚れて八丁堀通いをしている水戸の娘を連想したらしいが、女掏摸は五尺そこそこの小柄ときけば、まず、おとよではあるまいと思われた。おとよは大柄で背が高い。

それに、江戸の冬はお高祖頭巾をかむって外出する女が多かった。紫のなによりの寒さよけにもなるし、からっ風から髪を守るにはうってつけである。紫の

縮緬《ちりめん》が、どことなく色っぽくみえることも、女たちの好むところとなっている。

「るいも気をつけろよ。うっかりお高祖頭巾なんぞ、かむって出かけると、女掏摸と間違えられるぞ」

七草の日に、練兵館の稽古帰りだといって立ち寄った東吾はそんなことをいって笑っていたが、その夜があけると、蔵前の札差、板倉屋の主人で清兵衛というのが、昨夜、柳原土手に近いところで、何者かに一突きにされ、大金を奪われたという知らせが八丁堀へとび込んで来た。

板倉屋清兵衛の死体があったのは柳原の郡代屋敷の裏のひどく寂しい場所で、今朝になって近くの木戸番がみつけ、慌《あわ》てて番屋へ届け出てから、身許《みもと》がわかったという始末で、板倉屋では、

「柳橋からお帰りがなかったので、吉原《なか》へでもお出かけになったのかと……」

変り果てた主人の帰宅に茫然《ぼうぜん》としている。

調べてみると、板倉屋清兵衛は昨夜柳橋で友人と会合したあと、一人でどこかへ出かけたという。

「それも、途中でお座敷を抜けられまして、お宅へお帰りなら駕籠を呼びましょうと申しましたら、ちょっと寄るところがあるからとお一人で……」

橋を渡って柳原同朋町《どうぼうちょう》を浅草御門のほうへ歩いて行ったと料亭の者はいう。

死体があった柳原の郡代屋敷は、浅草御門を右にみて、ずっと行った先であった。

料亭の者が見送った清兵衛の、歩いて行った方角の延長上である。

それにしても、蔵前の札差で板倉屋という江戸でも指折りの金持の主人が、まだ宵の口とはいえ、どうして一人で柳原土手などという寂しい場所へむかって歩いて行ったものか。

「当夜、清兵衛は懐中におよそ百両余りを所持していたようです」

八丁堀へ帰って来た畝源三郎が、待っていた東吾にすぐ話した。

早朝から走り廻ったらしく、流石《さすが》にげっそりした顔である。

板倉屋清兵衛は、畝源三郎の出入りの一軒であった。いわば、持ち場である。

江戸の大商人たちは、なにかの形で定廻り同心とよしみを通じていた。

それぞれの店に、顔馴染みの同心があって、なにかあった時にはすぐ役に立ってもらえるよう、日頃からそれなりの用意をしておくものである。

同心の中には、それを一つの小遣い稼ぎの場所と心得ていて、下手をすると奉行所からもらう俸禄よりも遥《はる》かに多い収入があったりするのがいるが、畝源三郎は決してそれをしなかった。

ただ、板倉屋清兵衛は、源三郎の父が在世中、碁の仲間としてつきあいがあり、その関係で源三郎が父のあとを継いでからも、板倉屋はなにかにつけて源三郎に心を遣ってくれたし、頼りにもしていて、親の代の好誼《こうぎ》がそのまま、源三郎に受け継がれたような恰好になっていた。

もっとも、板倉屋清兵衛は今年六十五歳、源三郎にとっては父親ほどの年の違いもあって、若い源三郎はやや、この年寄りのお節介《せっかい》をわずらわしく思っていたようなところもある。

なにしろ、金は受け取らないからというので、薪炭の類から味噌醬油、季節の着るもの、食べるもののこまごましたのが、板倉屋から届いてくる。

「嫁御は是非、手前どもがみつけて、貰うて頂きたいものだと思って居ります」

と口癖のように清兵衛がいい、事実、今までに何度か縁談が持ちこまれていて、その都度、源三郎は断るのに大汗をかいている。

多少、有難迷惑ではあっても、源三郎が板倉屋から受けた親切に対して、感謝していたのは事実だし、板倉屋清兵衛には亡父の身がわりのような親しみを持っていた。

それだけに、その非業《ひごう》の死に、源三郎が受けた衝撃は大きいようであった。

「百両は大きいな」

友人の気持がわかるだけに、東吾は事件を知った直後から、出来るだけのことはするつもりであった。

すでに、源三郎とは別に柳原土手の現場もみて来たし、下っ引の話もきけるだけきいて来ている。

そういうところは、常に源三郎と行動していて、お手先連中に顔もきくし、下手な同心顔負けの東吾でもあった。

「出かける前に、百両を袱紗《ふくさ》に包んで懐中にするのを悴《せがれ》の東三郎というのがみて居ります」

清兵衛には、すでに妻女は歿していて、他に妾はなく、吉原にこのところ馴染みになった花魁《おいらん》で初瀬というのがいる。

「ひょっとすると、それに無心されてかと存じました」

東三郎は気をきかして、その金のことを父親にきかず、帰りの遅いのも、やはり吉原へ行ったと思い込んでしまった。

「とんだことを致しました。もっと早くに、父の行方を探していたら……」

事態は変らなかったにしろ、父親の遺骸《いがい》を一晩中、冷たい路傍へおくことはなかったと、東三郎は涙をこぼしていたという。

「百両は奪《と》られていたのだな」

「はあ、殺しの手口は、例のと全く同じようです」

女掏摸であった。

相手の懐へとび込むようにして急所を一突きにしている。

「板倉屋の遺体は、店へ帰っているのだな」

「今夜が通夜でございますから……」

「傷口をみせてくれないか」

掏摸の一件にはかかわっていなかったので、東吾はまだ被害者を一度もみていない。

「行ってくれますか」

「源さんの仇は、俺にも仇だ」

そのまま八丁堀をとび出して、蔵前の板倉屋へ行った。

東三郎に事情を話して、通夜の客が途絶えるのを待って、そっと棺をあける。

合掌して、東吾は仏の着衣を丁寧に広げた。

傷口をじっくりとみて、再び、さらしを巻き直し、着物の前を元のように合せた。

「造作《ぞうさ》をかけてすまなかった」

前へまわって、焼香をしてから、東吾は待っていた源三郎と板倉屋を出た。

「女にしては、凄《すご》い手口だな」

「手前もそう思っています」

背に突き抜けそうな深さでえぐっている。

「今までのが、みんなそうなのか」

「まず、同じです」

心の臓を深々とえぐって、相手の命を断っている。

「声をあげる間なく息絶えた者が大方のようです」

東吾は考え込んだ。

「とにかく、ふり出しから洗ってみたほうがいい」

板倉屋清兵衛がもし、例の女掏摸にやられたとして、

「一つは行きずりの凶行だ。偶然、通りかかって、ねらわれたという場合だが、俺はどうも、そうではない気がする」

柳橋の料亭の女中の証言だと、清兵衛は自分の意志で柳原のほうへ歩いて行った。そっちの方面にどんな用事があったのか。

「板倉屋の知り合いで、そっちに家のある者を調べてくれ。もしくは、当夜、清兵衛がその方角へ向わねばならなかった理由がなにかないか、どこかで人と逢う約束をしていたとか……」

百両の金についても同様で、当夜、清兵衛からその金を受けとる予定のあった者を調べてもらいたいと東吾はいった。

「源さんのことだから、ぬかりはないと思うが、吉原の初瀬花魁のほうも当ってみてくれ。清兵衛に金の無心をしているかどうか」

それから、と東吾は腕を組んだ。

「暮から正月にかけて……昨日までの清兵衛の行く先についても、なるべく、こまかく調べてくれないか」

何日にどこへ出かけて供は誰だったか、用件についても差しさわりのないだけ聞き出してくれという東吾の註文に、源三郎はうなずいた。

「一両日中になんとか……」

源三郎はそのまま、板倉屋へ戻って行った。

おそらく、今夜は八丁堀へ帰らないつもりらしい。

友人が死にもの狂いになって下手人の探索にかかっているというのに、まさか「かわせみ」へ行って、るいの部屋に泊るのも気がひけて東吾もまっすぐ兄の屋敷へ引きあげた。

その夜、柳原の土手近くで、第二番目の殺人があった。

三

八丁堀の与力、遠野但馬《たじま》は親代々、吟味方を務めていた。

その夜は和泉橋の袂に屋敷のある友人の旗本を訪ねて、酒が出て、つい遅くなった。

今にも雪が降り出しそうな夜で、酒の酔いも吹きとんでしまい、遠野はおそらく辻駕《つじか》籠《ご》を拾うつもりだったのだろう、和泉橋から川っぷちを筋違《すじかい》御門のほうに向ったらしい。

そして、この夜の凶行には目撃者があった。

橋番の老爺《ろうや》が、炭が足りなくなって番屋の裏へとりに行った。

「和泉橋のほうからお武家様が歩いてお出でになって、その後から女が走って来ました。手前は耳が遠いので、声はきこえませんが、救いを求めるような按配《あんばい》だったように思います」

おそらく、助けてとかいう言葉が女の口から出たのだろう、遠野がふりむいて、女の近づくのを待つ。職掌柄、女の頼みに応じるつもりだったのだろう。

遠野に体ごとぶつかるようにして女がすがりついた。少なくとも、橋番の老爺には、そうみえた。

「驚いたことに、女が元来た道へむかって走り出しまして、お武家様がそのあとを二、三歩追うようにして、ばったりお倒れになったんでございます」

なにがなんだかわからないままに、老爺は近くの番屋へ知らせに走った。

若い者と一緒に提灯をつけてかけつけてみると、すでに遠野但馬は血の中にこと切れていたという。

現職の与力の殺害事件に、八丁堀はてんやわんやになった。

その中へ、板倉屋から源三郎が知らせを受けてとんで来る。

「今までにわかったことだけ申します」

東吾の顔をみるなり、早口にまくし立てた。

「当夜、清兵衛に逢う予定の者は今のところ親類知人に一人も居りません。百両の金を受け取るあてのあった者も、みあたりませんでした」

別に懐中から紙を出した。

ぎっしりと月日の下に文字が並んでいる。

十二月から殺された当日まで、清兵衛の外出した日と時刻と、行った場所と用件が書き出してある。

「手前は、遠野様の事件へ行って来ます」

これは、下手人が女とはっきりわかっている。板倉屋清兵衛殺しの下手人と同一人物の可能性が濃かった。

自分の部屋で、東吾は源三郎から渡された書き抜きをじっくり眺めて考え込んでいた。

八丁堀を出たのは午すぎで、大川端のるいの部屋へ行って、いきなりいった。

「寒いところをすまないが、つき合ってくれないか」

こんなことには馴れているので、るいはすぐ身仕度をした。

二人そろって「かわせみ」を出る。

近くの船宿から舟を出させて、蔵前へ行き、るいを待たせておいて一人で板倉屋へ出かけていったが、やがて、十五、六の小僧を一人連れて戻って来た。

「板倉屋に奉公している孝吉というんだ」

そんな紹介をしておいて、すぐ、又、舟を出させる。

「あの日の通りに行くから、なんでもいい、思い出したことがあったらいってくれ」

東吾が孝吉にいい、るいに源三郎から渡された紙をひらいてみせた。

「板倉屋清兵衛は七草には必ず深川の不動尊へおまいりに行くきまりだったんだ」

成程、正月七日深川不動尊詣《もうで》、供は孝吉と源三郎の筆で書いてある。

七草といえば、清兵衛が殺された日のことであった。

最初、どことなく怯《おび》えたようだった孝吉も東吾が女連れとわかって、ほっとしたふうであった。

どこで舟を下り、どこから歩いたか、はきはきした口調で話し出す。

深川不動尊まではなんということもなかった。

境内の茶店で一服し、孝吉は清兵衛と一緒にお茶を飲み、団子を食べさせてもらっている。

「境内は日が当っていてあたたかだったので、旦那様はそこでお待ちになるとおっしゃって、わたしが一人でお使いに行きました」

近くの植木屋で、板倉屋へ出入りしている治作という者の家で、

「いい盆栽があったら持って来いといったのに、いつまでも来ないから、どうしているかついでにみて来いといわれました」

行ってみると治作は風邪で寝ていて、治り次第、お届けするからとすまながった。

「戻ってくると、旦那は駕籠を見送っておいででした」

「駕籠……」

思いがけないことだったので、東吾の眼が光った。

「誰が乗っていたんだ」

「わかりません。垂れが下《お》りていましたし……でも、女の人でした」

「女……」

供がついて永代橋のほうに去ったという。

「旦那にきいてみなかったのか」

「ききませんが、旦那がおっしゃいました、境内で逢った人だって……」

「名前は……」

「そこまでは……ただ、困ったことを頼まれたと独り言をおっしゃいました」

「困ったこと……」

清兵衛は孝吉がみるところ、ずっと考え込んでいた。

「家へ帰るまで、他には、なにもいわなかったのだな」

「ええ……いえ、そういえば、舟の中で……帰りの舟の中で独り言でしたけれども、たしか……素人娘じゃないな、とおっしゃいました」

「素人娘じゃない」

孝吉がきいたのは、それだけだという。

不動尊におまいりをして、孝吉にいくらかの金をやり、蔵前まで送ってやって、東吾はるいと大川端へ帰った。

「やっぱり、女は仕掛けているんだ」

二人になると東吾がいった。

「清兵衛は女に仕掛けられて、柳原土手へ行ったんだ」

源三郎の調べた清兵衛の外出日の中から、東吾は七草の不動尊詣をえらび出した。

「仕掛けるとしたらこの日しかないと思ったんだ」

七草の日に不動尊詣をするというのは、毎年きまっている清兵衛の予定であった。

「場所は寺だ。境内があり、茶店がある。待っていて話しかけるとすれば、こんな都合のいいところはない……」

「下手人がおわかりなんですか」

「気になっていることが一つある。だが、そいつが結びつかないんだ」

「かわせみ」には、これも珍しい客が待っていた。

古い読者はおぼえてお出でかも知れない。かつて、お役者松と仇名《あだな》された掏摸《すり》である。縁あって、東吾と知り合い、ひところは「かわせみ」の板場で働いていたが、その後、るいが口をきいて、今は浅草の料亭で修業をしている。

藪入《やぶい》りには必ず「かわせみ」へ帰ってくるし、季節ごとに顔出しをしていたのだが、突然、訪ねてくるというのは異例であった。

「実は、どうしても気にかかることがありまして、神林様のお耳に入れてえと思いやして……」

窮屈そうに膝を折ったまま、松吉は早速、話し出した。

「近頃、噂になっている女掏摸の一件でございますが……」

「心当りがあるのか」

「昨夜、吟味方与力の旦那の遠野様という方がやられなすったときいて、はっと気がついたことがございます」

朽縄《くちなわ》の仁吉という賊を知っているかと松吉はいった。

「掏摸の看板をかかげて居りましたが、あっしらからいうと掏摸じゃござんせん。あんなのはぶったくりの人殺しで……」

金品を通行人からひったくって、まず殺すという荒っぽいやり口で、

「考えてみると、今度のとそっくりでございます」

「どこにいるのだ、その仁吉というのは……」

「いえ、死にました……」

「死んだ……」

「五年ほど前に、お縄になりまして、八丈送りがきまりましたが、入牢中に病んで死んだときいて居ります」

その裁きの吟味方だったのが、遠野但馬だと松吉はいった。

「なにしろ、掏摸の風上にもおけねえ奴とあっしらは腹を立てていましたので、そのお裁きのことは、よくきいて知って居ります」

松吉の話をきいている中に、東吾は体に火がついたような気がした。

「松吉、その朽縄の仁吉を捕えたのは、もしや、源さんじゃなかったのか」

「その通りでございます。なにしろ、腕の立つ奴で、岡っ引が捕方にむかってもて余しているのを、畝の旦那がお出ましになって、難なくお縄にしたそうで……」

「仁吉に娘はいなかったのか」

「それなんで……娘のことはよく知りませんが、仁吉の片腕でくノ一の千太というのが

居りました。この前の捕物の時、仁吉の家族と逃げて、とうとうつかまらなかった男でございます」

今、生きていれば三十そこそこ、小柄で色が白く、女に化けるのが得意で、

「くノ一の仇名はそこから来て居ります」

東吾は立ち上った。

「よく知らせてくれた。これから源さんに逢ってくる……」

だが、八丁堀へ戻って、畝源三郎の屋敷へ行ってみると、老婢《ろうひ》と、親の代からの奉公人で甚七というのが途方に暮れている。

今しがた使が来て、

「例の、うちの旦那様を見染めたという娘でございますが、どうしても親が水戸へ帰れといって参ったとかで、お別れにせめて逢ってもらいたい、二度と迷惑はかけないと申しまして……」

東吾は嚙《か》みつきそうな顔になった。

「出かけたのか」

「ちょうどお帰りになったところで……」

迎えが持って来た駕籠に乗って、手代が案内して行ったという。

「どこへ行ったんだ。場所は……」

「さあ、それは……」

東吾の脳裡《のうり》にひらめくものがあった。

「かわせみ」へとんで行ってみると、幸いお役者松はまだ居た。

「松吉、朽縄の仁吉が捕まった場所は知らないか」

打てば響くように、お役者松が答えた。

「柳原の土手なんで……新シ橋と和泉橋との間の辺でござんした」

東吾は走った。

すでに、夜であった。

冬のことで、商家はとっくに大戸を下ろしている。

八丁堀から柳原土手までを、東吾は韋駄天《いだてん》になったように突っ走った。

柳原土手のあたりはひっそりとしている。

二度も続いて殺人のあった場所は、近所の者も怖《おそ》れて近づかない。

それでなくても、寂しい場所であった。

片側は神田川で、片側には空地がある。

新シ橋と和泉橋の間は富田帯刀と細川長門守の屋敷が長く塀を連ねていて、夜はひどく暗かった。

あいにくの如法闇夜《にょほうあんや》でもあった。

眼をこらした東吾は、川っぷちに屋形船がもやっているのに気がついた。

障子に灯がさしている。

そっちへ歩きかけた瞬間、灯が揺れた、いや、船が揺れた。
船の中で、なにかが起った気配である。
「源さん……」
かまわず叫んでかけ出そうとする鼻先に白刃がひらめいた。
人の気配には気がついていた東吾である。
ひっぱずしての抜き打ちがきまって、ぎゃあっと凄い叫び声がした。
闇《やみ》の中に男が三、四人、野犬のように東吾をねらっている。
船の中でも争いが起っているようであった。
「源さん、気をつけろ、敵は朽縄の仁吉の一味だ」
東吾はどなった。
人のいい友人の身が気がかりであった。
野犬のような相手は地に体を低くして、なかなか、かかって来ない。
「行くぞ」
今夜の東吾は戦闘的であった。
ぐわっと大気を切って、東吾の剣がとぶ。
あっという間に四人を叩《たた》き伏せて、東吾は屋形船に近づいた。
障子がはずれて、源三郎が女をもて余したような恰好で抱えている。気を失っている
女は、全裸であった。

「どうも、東吾さん、これでは……」

女を抱いたまま、船から陸へ上ろうとした源三郎へ、黒い影が躍りかかった。

「危いぞ、源さん……」

川に大きな水音がして、東吾は片手なぐりに男を斬《き》っていた。

四

朽縄の仁吉の娘のおとよを抱えたまま、神田川へ落ちた源三郎は、風邪をひいて三日ばかり寝た。

くノ一の千太は、東吾に片腕を斬られて、翌日、牢内で死んだ。残りの一味は斬られたり、怪我をしたりの状態で、獄につながれた。勿論、仁吉の娘おとよも捕えられた。

「大体、源さんが見染められたのからしておかしいと思ったんだ」

源三郎の床あげのすんだ夜に、「かわせみ」でささやかな快気祝いを名目に、源三郎を肴《さかな》にする宴がひらかれて、お吉も嘉助も、宿屋稼業はそっちのけで、話の仲間入りをした。

「どうしたって女にもてる男じゃないんだ。それも、例えば悪い奴にねらわれたのを助けてもらったとか、恩が情にかわったとでもいうなら、まだわかる。ぼんやり町廻りをしている源さんを見染めたというのからして、まず眉唾《まゆつば》だと思うだろう」

「それは、手前もそう思いました」

東吾の口の悪さに、源三郎はびくともしないで平然と酒を飲む。

「しかし、東吾さん、よく、水戸の豪商の娘と女掏摸が結びつきましたね」

「結びつかないで困ってたんだ」

清兵衛の不動尊詣《もうで》の一件から、朽縄の仁吉の娘がもしやとは思ったものの、

「女掏摸は小柄だというし、おとよは大女だろう」

お役者松から仁吉の片腕でくノ一と仇名のある男が、行方をくらましているときかなければ、東吾も手が出なかった。

「清兵衛を、おとよは不動尊で待ち受けていた」

今度の彼らの目的は父親の復讐《ふくしゅう》で、それには捕えた畝源三郎と裁いた遠野但馬を殺すことで、又、板倉屋清兵衛は彼の家作に住んでいた仁吉を、どうも怪しいと源三郎に教えたことから、やはり彼らに仕返しをされた。

「源さんと板倉屋の関係も彼らは調べ上げていたんだ。板倉屋が源さんの縁談を自分の手でまとめようと、日頃から誰彼に話していることも、奴らは耳にした」

まず一方で、源三郎を見染めたといい、水戸の豪商の娘というふれ込みで近づいたが、どうも、源三郎が思うように乗って来ない。

で、清兵衛の不動尊詣りを待ちかまえていて、おとよが、清兵衛に源三郎を見染めたことを訴え、口をきいて欲しいと嘆願《たんがん》した。

「板倉屋は年の功で、どうもおかしいと考えたのだろう。水戸の材木問屋の娘というに

しては素人らしくないと思った。ひょっとして、なにかで源さんが悪い女にひっかかったのではないかと気を廻したのだろうと思う」

不動尊の境内では話が出来ないからと、その夜、逢う約束をして、おとよは柳原の郡代屋敷の近くの川に船をもやって待っているといった。

「百両の金は、もし女がくわせもので、源さんがひっかかってかかわり合いを持っているのなら、手切金にしようと思ったのだろう」

清兵衛を殺し、遠野を殺した一味は、最後に源三郎を血祭にあげようとした。

「よせばいいのに、源さんが鼻の下を長くして出かけるから、俺は頭から湯気をたてて柳原土手まで走らせられたんだ」

「鼻の下を長くして出かけたわけではありません、どうもおかしいと思ったから、敵の誘いに乗ったわけです」

ぼそぼそと源三郎が弁解した。

「仁吉の娘とは思いませんでしたが、水戸の材木問屋の娘というのは変だとわかっていました」

その源三郎も、女掏摸が小柄で、おとよが大柄という点で途方に暮れていた。

「まさか、女掏摸が千太の女装とは思いませんでしたから……」

おとよについていた手代の忠吉というのが、千太であった。

二人は夫婦同様の間柄でもあったらしい。

「とにかく、驚いたのは、屋形船へ入ったら、待っていたおとよが立ち上ったんですよ。帯をすっかり解いていて、着物があっという間に肩からすべり落ちて……あの時は眼が眩《くら》んで、一瞬どうしようかと思いました」

それを笑いもせずに、源三郎はいい、女達がころげまわって笑った。

「どうしようかと思ったって、源さん、結局、どうしたんだ」

「どうもしません、立っていました」

「それで……」

「おとよが近づいて来て……剣呑《けんのん》だから逃げました」

狭い船の中である。

源三郎の恰好がみえるようだと、東吾もつい破顔する。

「残念だったな。今年は源さんにも、美人の女房が出来ると喜んでいたんだが……」

みんなが笑うほどに、東吾もるいも笑えないでいた。

「八丁堀づとめがつらいと思いました、今度がはじめてです」

親のように思っていた板倉屋清兵衛を凶刃から救えなかったことが、源三郎を悲しませている。

「飲めよ、源さん……」

友人の肩を叩き、東吾はるいに目くばせして、源三郎の前に卵酒の茶碗をおいた。

まだ、風邪の治り切っていない友人への心づかいのつもりである。

「かわせみ」の庭に、音もなく雪が降り出しているのに、まだ誰も気がつかなかった。

江戸《えど》の怪猫《かいびょう》

一

よく晴れてはいたが、大川の上を渡る風はまだ冷たかった。

春とはいっても、向島に梅のたよりがちらほら聞かれる季節である。

浅草花川戸から本所中の郷へ架《かか》っている大川橋、別に吾妻橋とも呼ばれる長さ八十四間の橋の上に、若い女が立っていた。

冷たい川風の吹きさらす場所である。

時刻は、ちょうど正午すぎで、橋の上の往来も、そんな季節だから決して多くはなかった。

誰もが、衿《えり》に首を埋めるか、頬《ほお》かむりで脇目もふらず、さっさと行きすぎる。

そんな人通りが、ふと途切れた時である。

女がするすると帯を解いた。かなぐり捨てるように着物も襦袢《じゅばん》も肩からすべり落して、腰に湯もじ一枚、まっ白な肌もあらわに、欄干へ足をかけたと思うと、いい呼吸で大川めがけて、とび込んだ。

遠くから、これを目撃した何人かが、橋の上へとんで来て、のぞいてみると、女は抜き手を切って、大川を本所のほうへ泳いで行き、あらかじめ、そこに漕《こ》ぎ寄せていた屋形船から手をさしのべる船頭や若い衆に助け上げられて、すぐ障子の内へ消えた。

「なんでえ、身投げじゃなかったのか」

人さわがせなと、群衆が喚《わぁ》いている橋の下を、もう一艘、これはいわゆる乗合船で、客を七、八人も乗せたのが、前の屋形船を追いかけるように漕いで行く。

「いったい、なんですね」

橋の上で、女の脱ぎ捨てた着物や帯を器用に大風呂敷にまとめて引き揚げようとしている男に誰かが訊ね、その男がいくらか得意気に語ったところによると、大川にとび込んだ女は、深川の呼び出し芸者で鶴次という房州育ち、酒の上で、お客とこの陽気に大川へとび込めるか、もし泳いだら祝儀を出そうということになって、思い切ってざんぶりことやってのけたものだという。

橋の下にいた乗合船は、その客たちで、酒を飲みながら、芸者のとび込みを見物していたものだ。

「人を馬鹿にしやがって……」

「いい気なものだぜ」

と口々に、通行人は肩をすくめて立ち去ったが、その頃、見物の船の中では大さわぎが起っていた。

客の一人が首筋に吹き矢を射込まれて死んでいたのである。

二

「馬鹿なことをやったものだと思いますが、人一人、殺されたとなると、笑っても居られませんので……」

本所一ツ目あたりを縄張りにしている若い岡っ引で、政次郎というのが、「かわせみ」へ、番頭の嘉助を訪ねて来て、その大川橋の一件を話したのは翌日の午下りであった。

父親の代からお上の御用聞きをつとめ、母親は煎餅屋《せんべいや》をやっている。

殺されたのは、本所一ツ目の近くの茶屋町で寄合料理茶屋をしている扇屋藤左衛門という、今年六十一になる大旦那であった。

死因は首筋に突き刺さっていた吹き矢の先に毒が仕込まれてあったらしく、

「医者の話では、薩摩のほうの島に棲《す》む波布《はぶ》という名の毒蛇《どくじゃ》の毒ではないかということでございますが」

それが血液の中に入って、瞬時に藤左衛門の命を奪ったものだという。

「そんな怖《おそろ》しい毒があるんですか」

毒物といえば、ねずみとりに使う石見《いわみ》銀山ぐらいしか知らないお吉が眉をひそめ、一緒に話をきいていたるいは思わず、東吾の顔を眺めた。

うららかな春光が一杯にさし込んでいる「かわせみ」の居間である。

「吹き矢というのが曲者《くせもの》でございますね」

ひかえめに、嘉助が口をはさんだ。

今はもう「かわせみ」の温厚な老番頭が、すっかり板についた嘉助だが、そのむかしは八丁堀でも指折りの老練な小者の一人であった。

「深川の長助《ちょうすけ》親分は、誰を挙げたんだ」

東吾が、るいの膝に行儀悪く寄りかかったまま、訊ねた。

「へえ、それが、鶴次を番屋へしょっぴいたようで」

「鶴次……」

「大川橋からとび込んだ女でございます。深川の芸者で、年は若いが、あまり利口なほうじゃございません」

「鶴次さんが、橋の上からとび込みながら扇屋の旦那へむかって吹き矢をとばしたっていうんですか」

「へえ、ですが、手前には、どうも、そんな器用な芸当が出来るものかどうか……」

「橋の上には、他《ほか》に誰がいたんだ」

と、これは東吾。

「鶴次の他には、付き添い役で幇間《たいこもち》の金太郎というのが橋の上に居りました。他には通行人でございますが……」

鶴次がとび込んだのは、橋の上に人通りが途絶えたのをみはからってのことだから、人が驚いてかけつけて来たのは、その後のことである。

「金太郎の話では、あっという間に十人や二十人は集まって来たと申しますが、その時はもう、見物の船も橋の下からかなり漕ぎ出して居りましたそうで……」

橋の上から吹き矢をとばして、藤左衛門を殺すというのはどんなものかと政次郎は首をひねる。

「腕もないのに、こんなことを申しますのは、お恥かしいんですが、なにしろ、扇屋は親父《おやじ》の代からのお出入り先なもんで、なんとか下手人は、あっしの手で挙げてえと、それでお力添えをお願えしに参りました」

一足先に深川の長助が挙げた鶴次は、どうも違うように思えるのだが、それかといって他に真犯人のあてもないのにと、政次郎は正直にいって、ぼんのくぼをかいている。

「実を申しますと、政次郎の死んだ親父とは昔、一つ釜《かま》の飯を食った仲でございます。なんとか、あいつに手柄をさせてやったら、歿《なくな》った親父も喜ぶと思いますので……」

恐縮しながら嘉助がいい、東吾は気軽く腰を上げた。

「役に立つかどうかわからないが、どうせ、こっちは暇をもて余しているんだ。一つ、現場をみて来ようじゃないか」

後に政次郎と嘉助を従えて、今年の初春、るいが丹精した結城《ゆうき》の着流しに、この季節だというのに足袋を嫌って素足に雪駄《せった》ばきという東吾の後姿を、るいはうっとりして大川端から見送った。

その「かわせみ」が、永代橋の近くで、これは元禄十一（一六九八）年に、はじめて架ったもので、今の橋の長さは百二十間余、永代島の北新堀町から深川へ渡す橋である。

そこから大川をさかのぼって行くと、次が新大橋で、両国よりやや川下、浜町から深川六間堀へ渡して、長さが百八間、これは元禄六（一六九三）年に架けられたものである。

それから更に川上へ行くと両国橋で、架けられたのは万治三（一六六〇）年、世にいう明暦の大火の折に、このあたりに追いつめられて焼死した人が多かったために、往来の不便を考えて新設されたというものである。

広小路から本所へ渡し、武蔵と下総の両国をつなぐ橋というので両国橋と名づけられた。長さはこれが九十六間。

更に、その川上にあるのが大川橋で、出来上ったのは安永三（一七七四）年だから、四つの橋の中では一番新しい。

橋の幅は三間半で、馬も駕籠も通す。

昨日にくらべて穏やかな日だったが、橋の上に出ると、やはり水の上を渡ってくる風は、春には程遠いものだった。

「ここからとび込んだのか」

のぞいてみて、東吾はちょっと驚いた。

橋から川面までは案外の距離がある。

「鶴次という芸者は房州で育って、水練には達者だそうで……」

自信があるから、客の賭《か》けにのったのだろうが。

「それでも流石に川の水は冷たかったらしく、とび込んだ時は息がつまるかと思ったそうで……」

まるっきりの金槌《かなづち》だという政次郎は川をのぞいただけで蒼い顔をしている。

「ここから吹き矢をとばすのか……」

橋の下を青菜を積んだ行商の舟が通って行った。船頭がのんびりと竿《さお》をさしている。

「熟練した奴なら、やってやれないことはないな」

但し、風があった、と東吾は考えていた。

川からの風は下から吹き上げる。風に逆らって、軽い吹き矢をとばすには、かなりの肺活量と技術が要るようである。

「やっぱり、東吾さんですな」

耳馴れた声がして、東吾がふりむくと、黄八丈の着流しに黒の巻羽織、十手を腰にはさんだ畝源三郎がおっとりと笑っている。

源三郎の背後に、これは東吾も顔見知りの深川の長助と、幇間とわかる風体の男が小さくなっていた。

「それが、金太郎か」

東吾が訊くと、幇間は慄《ふる》え上ってお辞儀をした。

「お前、鶴次がとび込んだ時には、どこに居たんだ」

相手が畝源三郎なので遠慮なしに東吾は訊ねる。

「橋の袂でございます。人の通行の様子を見張って居りまして……ずっと花川戸よりの」

人の少なくなったのを見はからって、鶴次に声をかけ、女がとび込んでから橋の上へとんで来て、脱ぎ捨てた衣裳《いしょう》をまとめ出した。

「とんで来た時、川をのぞいてみたのか」

「へい……鶴次さんが大丈夫か心配でございましたし……」

橋の欄干から乗り出してみると、鶴次は抜き手をきって泳いで居り、

「見物の船から、船頭の喜平さんや、江島屋の旦那が手をふって、やったやったと叫んでいるのがみえまして……それから、風呂敷をひろげて鶴次さんの衣裳を包みまして……」

「見物の船は、橋のすぐ下にいたのだな」

「いえ、上《かみ》のほうへ漕ぎ出して居りました。橋からおよそ五、六間も上のほうで……」

そのほうがとび込みを見物するには都合がいいし、とび込む鶴次の邪魔になってはと

いう理由でもあった。

「五、六間も上か……」

橋の上から吹き矢を吹くには、更に距離が遠くなる。

「お前がのぞいてみた時、扇屋藤左衛門は、なにをしていたか、おぼえているか」

「へえ、それがよくわかりませんので……」

船頭と江島屋の久兵衛が、手を叩いて金太郎へ笑っているのだけはよくおぼえているが、

「あとの旦那方や姐《ねえ》さん方は……」

誰がどっちをむいていたかもおぼえがないという。

「なにしろ、手前も慌てて居りまして……」

見物人は寄って来ていろいろ訊くし、脱いだ衣裳はまとめなければで、金太郎は大忙しであったらしい。

「扇屋藤左衛門が殺されているとわかったのは、いつなんだ」

並んで本所のほうへ歩き出しながら、東吾は源三郎に訊ねた。

「船頭の話ですと、最初に声をあげたのは千代吉という芸者と江島屋久兵衛だったようです」

ちょうど、鶴次を収容した船と前後して深川へ引き揚げようと、船のむきを変えた時で、藤左衛門は突っ伏すような恰好で右舷《うげん》のほうに倒れていた。

「橋のほうに左舷がむいていたわけですから、藤左衛門はみんなの後から、鶴次のとび込みをみていたことになります」

はじめは脳卒中とばかり思い、そのまま、横にして大急ぎで船を岸へつけて、近くの医者の家へ運び込んだのだが、その時はもう、藤左衛門の息はなかった。

その医者も慌てていたらしく、結局、首に吹き矢のささっているのに気がついたのは、遺体を扇屋へ持って帰って、湯灌《ゆかん》をする段取りになってかららしい。

今度は、よくお上の御用をつとめていて変死に馴れている医者が呼ばれて来て、やっと吹き矢の先に毒物が仕込まれていたという判断をした。

「長助は下手人を鶴次と考えたようだな」

東吾がふりむいて、ついて来た長助は当惑気味にうなずいた。

「なにか、理由があるのか、たとえば、鶴次が扇屋を殺すような……」

「いえ、そいつは今のところ……ただ、あっしは吹き矢を吹いたあとの筒を川へ流すことの出来るのは、水にもぐった鶴次じゃねえかと思いましたんで……」

「なにも長助の手柄に水をさすつもりはないが、それだけで鶴次をしょっぴくのは早とちりすぎないか」

川からの見物人はそろって鶴次をみていた筈だと東吾はいった。

「女が素っ裸になってとび込むんだ。見物の旦那衆も船頭も芸者も、とにかく鶴次から眼をはなすまいとしてみている中で、鶴次がもし、吹き矢なんぞ吹いたら、誰かの眼にそれが映らねえわけはない。それだけでも、俺は鶴次が下手人ではないと思うのだが……」

源三郎が苦笑した。

「東吾さんと同じことを申し出た者があるんですよ。みんながみんな、鶴次の一挙手一投足に眼をみはっている最中に、そんなことが出来るわけはないといいましてね」

「誰だ、そいつは……」

「深川の呼び出し芸者で千代吉という女です」

「扇屋の様子がおかしいのに気づいた女だな」

「なかなか、しっかりした女です。まだ若くて、きれいな妓《こ》ですが……」

東吾さん、逢ってみますかといい、源三郎は彼らしくもない、意味ありげな笑い方をした。

三

鶴次の容疑はすぐ晴れた。

川の上から、鶴次のとび込むのを見物していた船の中の殆《ほとん》ど全部が、帯を解いてから川へとび込むまでの鶴次をみつめていたのだ。

その誰もが、鶴次の挙動に不審を持っていない。

「なにしろ、鶴次さんが、橋の上に立ってから、いつとび込むかと、かたずを呑《の》んでみていたわけですから、もし、吹き矢でも吹けば、見逃す筈がありませんや。手品つかいの目くらましならいざ知らず、まっぴるまのことでございますからねえ」

初老の船頭もいうし、同じ船の中で見物していた者の何人かは、鶴次がとび込んだ時に扇屋藤左衛門が生きていたことを証言した。

「鶴次奴《め》、やり居ったわ、という扇屋の旦那の声がきこえましたよ。鶴次さんがとび込んで、みんなが一せいに左舷のほうへ体をよせて、船頭の喜平さんが、船がひっくり返るから、一つところへ寄っちゃいけないって大さわぎした最中ですよ」

そういったのは、深川の尾花屋のお内儀《かみ》のおせんで、他にも同じ声をきいたのが、柳屋太兵衛、大和屋重蔵の二人、どちらも扇屋藤左衛門の遊び仲間である。

船に乗っていたのはその三人に江島屋久兵衛、芸者の千代吉と米蝶、それに新造のおりき、お花、そして船頭の喜平、若い衆の多吉と、殺された藤左衛門を含めた十一名であった。

柳屋、大和屋、江島屋は藤左衛門と古くからの友人であり、いずれもれっきとした大《おお》店《だな》の主人だし、芸者と新造は尾花屋の抱え同様、船頭は子供の頃からの深川っ子で、多吉はその悴と、身許の知れた者ばかりであった。

第一、狭い船の中から、わざわざ吹き矢をとばして藤左衛門を殺すというのは理屈に合わないことなので、これは、どうしても橋の上からということになる。

橋の上には、鶴次がとび込んだあと、どこから集まったのかと思えるほどの人が押しかけたから、その中の一人が下手人だとすると、それを探すのは並大抵のことではない。

「若い連中に聞き込みをさせて居りますので……」

橋の上にかけつけたのは、近くの者も多かったから、それらを一人一人あたって、自分の他に知った者がいなかったか、もし居たら誰だったかと、根気のいる探索を長助と政次郎は手分けしてはじめたらしい。

念のため、東吾は殺された藤左衛門についても、政次郎からきいてみたが、おさだという女房との間に一人娘のおきぬというのがあって、七年程前に、新川の酒問屋日田屋の三男で三治郎というのを養子に迎え、まず商売のほうも、家庭の事情も、これといって不足はない結構な身分ということであった。

料理茶屋の主人という立場から、よく遊びはするが、妾を持つこともなく、殊に五十をすぎてからは、浮いた噂もきかないという。

「あの旦那が、怨みを買うとは、どうも合点が行きません」

扇屋の事情をよく知っている政次郎ですら首をひねる有様であった。

「ところで、問題の吹き矢をみせてくれないか」

東吾がいい、源三郎は東吾を本所一ツ目の番屋へ案内した。

番太が汲《く》んで出す渋茶に咽喉《のど》をうるおしてから、おもむろに懐中から手拭《てぬぐい》に折り込んであった吹き矢をとり出す。

みたところ、よく祭などで子供の手遊びに売っているのとかわりはなく、ただ先端のところが、子供の玩具は竹の串《くし》なのに、これは畳針の先を更に磨《みが》いてとがらせたものが、しっかりと巻き込んである。

針の先には血か、毒液か、黒いものがこびりついていた。

「気をつけて下さい」

源三郎に渡された吹き矢を東吾は手に持ってみた。吹き矢にしては重みがある。

「これを吹いてとばすのは大変だな」

だが、逆に重みがあればこそ、風に吹きとばされることもなく、五、六間を目的の方角へ飛ばすことが出来たのかも知れなかった。

「突き刺さっていたのは藤左衛門のぼんのくぼのあたりです。医者の診たところ、一寸以上も深々と刺さっていたそうで……」

いわば急所だから、針を刺しただけでも命にかかわるだろうと源三郎はいった。

「首のうしろか……」

呟《つぶや》いて、東吾は吹き矢を源三郎の手に返した。

四

その翌日が扇屋藤左衛門の通夜になった。

派手な客商売ではあるし、つきあいも広いほうだったので、客は宵の中から扇屋の奥座敷につめかけて、読経が終ったあとも酒肴《しゅこう》のもてなしを受けて、故人の生前の話などをしながら、棺の前で夜伽《よとぎ》をしている者が多かった。

養子であり、扇屋の後継ぎである三治郎はずっと座敷にいて、客の接待につとめていたが、藤左衛門の女房のおさだと娘のおきぬは女のことでもあり、昨夜はあまりのことに取り乱して、一睡もしていないので、まわりが気をきかして奥へ引き取らせた。

おさだのほうは帯を解き、布団に横たわって居たし、おきぬは炬燵《こたつ》に膝を入れて、女中に肩を揉《も》ませていた。

やがて、おきぬが手水に立ち、女中はおきぬの寝巻を炬燵に入れて温めていた。が、待てど暮せど、おきぬが部屋へ戻って来ない。

おさだはうつらうつらしはじめている。女中は寝巻を炬燵にかけたまま、表座敷へ行ってみた。

ひょっとして大事な客でも来て、おきぬが挨拶に行ったのかと思ったものだ。だが、表座敷に、おきぬの姿はなく、三治郎から新しい酒を運んでくるようにと、からの徳利を何本も渡されて台所へ引き返した。

台所は猫の手も借りたいようないそがしさであった。女中はそのまま台所で立ち働いていた。もし、用があれば、奥から手を鳴らして呼ぶだろうし、着がえが一人で出来ない病人というわけではない。

おきぬの死体が裏庭の井戸の中に浮いているのをみつけたのは、朝方になってからで、手伝いに来ていた出入りの植木屋が、一晩中人の出入りで汚れた店の入口を掃除しようとして、井戸へ水を汲みに行ってであった。

畝源三郎から知らせを受けて、東吾は八丁堀の兄の屋敷から、まっすぐに本所へ向った。

扇屋へ着いてみると、おきぬの死体は井戸から引き揚げられたまま、庭にむしろを敷いて寝かしてあり、その傍で源三郎が死体あらためをしていた。

おきぬは水を呑んでいた。腹部がふくれ上っている。外傷はどこにもなかった。

医者の所見も水死である。

裏庭の井戸には蓋《ふた》はしてなかったが、家人があやまって落ちるようなことは、まず考えられなかった。

奥の部屋には、昨夜、女中が炬燵にかけた寝巻がそのままになっているところから、おきぬは手水に行ったまま、この裏庭へ来て死んだと思われた。

「まさか、自殺ではあるまいな」

東吾がきき、源三郎は要心深く答えた。

「おきぬの履物《はきもの》が井戸の中からみつかって居ります」

覚悟の自殺なら、履物を脱いで井戸へとび込むのが普通だというのが、源三郎の意見であった。

おさだは一晩中、ぐっすり眠り込んでいて、娘が帰って来なかったのも知らず、女中や表座敷で夜を明かした三治郎たちは、おきぬがてっきり、奥で寝ているとばかり思っていた。

政次郎が、そこへ女中のおもとというのを連れて来た。昨夜、おきぬの身の廻りの世話をした女である。

「お前がみたところ、昨夜のおきぬの様子におかしな点はなかったか」

穏やかに源三郎が訊ねたのに、おもとは歯の根も合わないほど、慄えている。

「どうしたんだ、おもとさん、しっかり返事をするんだよ」

政次郎にうながされて、おもとは怯えた顔で途切れ途切れにいった。

「お内儀さんが、この井戸に近づくわけはありません」

「そりゃあ、どういうわけだ」

「お内儀さんは猫が大きらいでした……この井戸には、猫が落ちて死んだことがあって、それからは……」

おもとは身慄いして、あらぬ方をみつめている。そこに猫の足跡があった。

裏庭の踏み石の上に点々と、梅の花のようなけものの足跡が残っている。

今にも失心しそうなおもとを若い者に連れて行かせてから、東吾は三治郎を呼んだ。

「おきぬは猫が嫌いだそうだが、この家では猫を飼ったことがあるのか」

三治郎が首をふった。

「とんでもないことで……。猫を飼うどころか」

近所の猫が庭へ入って来ても、おきぬが狂気のように怖れるので、奉公人が石を投げたり、追ったりして大さわぎになる。

「この辺の飼猫は心得て居りまして、滅多に庭へ入ってくることもございません」

「しかし、昨夜はどこかの猫が庭へ入って来たようだな」

踏み石の足跡を指すと三治郎もうなずいた。

「昨夜は、それどころではございませんでしたから……」

この井戸へ猫が落ちて死んだことがあるそうだが、という東吾の問いに、三治郎は眼を伏せた。

「むかしむかしのことでございます。手前が親類の法事で水戸まで行って居りました留守中に、そんなことがあったようにきいて居ります」

僅か数日の中に、舅《しゅうと》と妻の不慮の死に遭って、三治郎は度を失っているようであった。

どちらかといえば、あまり気の強い男ではなさそうである。

店へ廻ると、もう五十のなかばをすぎたかと思われる老番頭が、これも茫然《ぼうぜん》としてすわり込んでいる。

「つかぬことをきくようだが、三治郎夫婦の仲はどうだったのか」

東吾が声をかけると、老番頭はぴくりとこめかみを動かしたが、

「そりゃもう御円満でございました。お子には恵まれませんが決して不仲というようなことは……」

「三治郎はなかなかの男前だが、女房の外に女はいなかったのか」

老番頭は激しく首をふって、うつむいた。

「左様なことは決して……」

源三郎を扇屋へ残して、東吾は一人で深川へ出かけた。長助に声をかけ、案内してもらって鶴次の家へ行く。

路地の奥にある長屋の一つに鶴次は住んでいた。

あれ以来、風邪気味だといって、綿入れを着て炬燵にもぐり込んでいる。

「加減の悪いところをすまないが、一つだけきかせてくれないか」

客と賭けをして、大川橋からとび込んだいきさつである。

もし、鶴次が大川橋からとび込んだら、十両出そうといい出したのは、客の誰だったかときかれて、鶴次は舌足らずに喋《しゃべ》り出した。

「そうじゃないんだよ、あたいが房州育ちだって話から、海女《あま》は冬でも水にもぐるのかって誰かがいい出して……もぐらなけりゃ稼ぎにならないからもぐっているんだって、あたいがいって……嘘《うそ》だと思ったら大川橋からとび込んでみせるって……」

つまり、いい出したのは鶴次自身で、それに十両の金を出そうといったのは扇屋藤左衛門だという。

「とび込むことはいつきまったんだ」

「あの日だよ、あの日の朝、きまったんだ」

「朝……」

すると四人の旦那衆は前夜から尾花屋へ泊ったことになる。

「男四人に芸者が三人か……」

呟いて東吾は鶴次をみた。

「そうか、花札をひいていたんだな」

鶴次はうろたえて、赤くなったり青くなったりした。

「慌てることはない、俺は役人じゃないから心配するな」

花札をして夜が明けて、一杯飲んでおひらきにしようという朝酒の酔いがまわって大川橋からとび込む話が出た。

「そうすると、話がきまってから、みんな揃《そろ》って真っ直ぐ、大川橋へ繰り出したわけだな」

「そうだよ、尾花屋からそのまま船を仕立てて出かけたんだ」

「誰も家へは帰らずにか」

「そうだよ」

腕を組んで東吾は考えた。

「お前の着がえはどうしたんだ。大川橋できものを脱いでとび込んで、船に上った時の着がえは……」

「それは出かける前に、千代吉姐さんが、若い衆とここへ取りに来たんだよ」

「千代吉……」

不意に猫の啼《な》き声がした。東吾はうっかりしていたが、この家の台所に居たものらしい。黒いのや、白いのや、ぶちのやら、五、六匹の猫が啼きながら鶴次の脇を通って入口のほうへ走って行く。

「千代吉姐さんが帰って来たんだよ」

路地に足音がして若い女が土間へ入って来た。猫は彼女の足許にまつわりついて甘えている。

千代吉は東吾をみて、ぎょっとしたようであった。

「お前が千代吉か」

無造作に東吾は声をかけた。

「どこの生まれだ」

「木更津でございます」

かすれた声が戻って来た。

「いつ、江戸へ来た……」

「今年で四年になりますが……」

「猫が好きらしいな」

傍から鶴次が口をはさんだ。

「あたいも好きだよ。二人で飼っているんだ」

もっとも、飼猫は二匹で、あとのは野良猫だの近所のだのが、勝手に入って来て飯も食うしねずみもとる。

「芸者で猫を飼っているのは、案外、多いんでございますよ」

鶴次の家を出てから、長助が東吾にいった。

「みんな親許をはなれて稼いで居りますんで、寂しいんでございましょうねえ」

それにうなずいてから東吾は千代吉を深川へ連れて来た周旋屋を探してくれといった。

「千代吉の母親か……いや、姉かも知れないな。とにかく親か姉妹を前に周旋したことはなかったか。もし、あったとしたら、その女のことをくわしくきいて来てくれ」

その足で一度、大川端の「かわせみ」へ帰ってくると、嘉助を呼んだ。

「一ツ目の政次郎に、扇屋三治郎の女を調べるようにいってくれ。おきぬと夫婦になる以前か、いや五年前だから、夫婦になってからだろう。惚れた女がなかったか、そいつをなんとかきき出して来い」

嘉助が心得てとび出して行ってから、東吾はるいの部屋で酒を少し飲み、飯を食った。

長助と政次郎と両方からの返事が前後して入ったのは、夜になってからである。

「少し、遅いが、出かけるか」

三人きりで暫く話し合ってから、東吾は遠慮して座をはずしていたるいを呼んで、二人に酒を出してやるように命じた。

無論、そのつもりで仕度が出来ている。

長助と政次郎に腹ごしらえをさせてから、東吾は「かわせみ」を出た。

まず、足を向けたのは、深川で、鶴次は家に居たが、千代吉は客に呼ばれて座敷へ出ているという。

「猫を借りたいんだ、千代吉の飼っている猫はどいつだ」

東吾が訊ねると、鶴次は座敷に寝そべっている黒猫を指した。

名は、おこまという、と教える。

「おこまちゃんか……」

東吾は懐中から小さな包を出して、黒猫の鼻の前へおいた。要心深く匂《にお》いを嗅《か》いでいたのが、やがて口を寄せて食べはじめる。食べ終ったところを見はからって、東吾は黒猫を抱いた。

黒猫は東吾の肩に顔をすりつけるようにして、大人しく抱かれている。

深川を出て、東吾はまっしぐらに本所へ向った。

扇屋は、おきぬの通夜であった。

政次郎に三治郎を呼びにやらせて、東吾は猫を抱いたまま、裏庭の井戸端に立っていた。

間もなく、三治郎が少しやつれた顔でおそるおそるやって来た。

「誰も来ないか見張っていてくれ」

東吾にいわれて政次郎と長助が庭のすみに立つ。

「実は、墓を作ってやりたいと思って、無心に来たんだ」

のっけから東吾は切り出した。

「この猫の姉さん猫なんだ、この井戸に落ちて死んだのは……」

ひぇっと三治郎が叫び声をあげた。

「やっぱり、こいつのような烏猫《からす》だったんだ。木更津生まれの芸者がかわいがってい て……畜生でも、人の悲しみがわかるんだろうか、その女が死んだ翌日に、この井戸へ落ちたのか、とび込んだのか、とにかく、主人のあとを追って死んじまったそうだ、お前さんが水戸へ行ってる留守のことだよ」

三治郎がよろめくように、腰を落した。両手で自分の膝を摑《つか》み、わなわなと慄えている。

「おしゅんの墓とはいわねえ。この猫の姉さん猫の墓をたててやりてえんだ。昔のお前さんならどうしてやりようもなかったろうが、今のお前さんは扇屋の主人だ、それくらいのことは、なんとかなるだろう。それで、昔の罪ほろぼしが出来れば、有難てえ話だと思わなくちゃなるめえが……」

珍しく東吾が伝法な口調になり、三治郎は土に両手を突いた。

「お願い申します。どうか、おしゅんの墓をたててやって下さいまし。供養をしてやって下さいまし」

「猫の墓だぜ、ついでに妹猫も自由にしてやりてえんだ。扇屋の店が大事ならなんにもいわねえことだ。下手をすると暖簾《のれん》にとり返しのつかねえ傷がつく……」

三治郎はつづけざまに頭を下げ、よろめきながら立ち上った。

「少々、お待ちを願います」

五

二百両の金包を、翌日、東吾はるいに持たせて尾花屋へ掛け合いに行かせた。

「長助親分が顔をきかせてくれて、百両できれいにしてもらいました。残りの百両は猫のお墓代だといって、千代吉さんにお渡しして参りました」

帰って来て、るいは炬燵でうたた寝をしていた東吾に報告した。

「一日も早く木更津へ帰って、おしゅんさんの供養をするようにと申しましたら、千代吉さんが泣き出してしまって……」

火鉢《ひばち》に炭を足していたお吉が口をとがらせた。

「いい加減に教えて下さいましな、おしゅんさんってのはいったい、なんなんですか」

東吾が起き上った。

「おしゅんってのは千代吉の姉だ。ついでにいうなら五年前まで深川の芸者で、扇屋三治郎の色女だったんだ」

三治郎は女房の眼をかすめて、おしゅんといい仲になり、おしゅんはみごもった。

「それをおきぬが知ったんだ。石女《うまずめ》のおきぬにとって、亭主が外に子を作ったのは、どうにも許せなかったのかも知れないが……」

たまたま、三治郎が水戸へ出かけて留守の中に、おしゅんを呼び出して、散々に折檻《せっかん》した。

「娘可愛さに、父親の藤左衛門まで一緒になって、おしゅんを蹴ったり、なぐったりしたらしい」

おしゅんは翌日、流産して、そのまま死んだ。

「まわりには扇屋から金が出て口止めがされたようだが、それでも木更津の親許には、いつの間にか真相が知れたんだろう、妹のお千代は姉の仇を討つ気になって、身許をかくして尾花屋の芸者になった」

「それじゃ、船の上で藤左衛門を殺したのは、千代吉だったんですか」

あの日、鶴次が大川橋からとび込むことがきまったのは、それを実行する数時間前だったと東吾はいった。

「仲間以外には誰も知らされていなかったんだ。してみると、あらかじめ藤左衛門を殺そうとして橋の上に待ちかまえることが出来るのは、仲間の誰かしかないわけだ」

ところが、鶴次のほうは、いわばとび込みの主人公だから、衆目が集まりすぎて、吹き矢なぞとばしたら、忽ち、誰かの眼に触れないわけには行かない。

「橋の上に残るのは金太郎だが、これもまわりに人の眼がある。それに、藤左衛門を殺す動機がなかった」

もう一つ、吹き矢が藤左衛門の首の後に突きささっていたことである。

「女のとび込みを見物する船だから、橋にむかって、横むきになっていた、みんなは橋のほうをむいていたんだ、にもかかわらず、首のうしろに矢がささったってことは、橋の上から吹き矢をとばしたんじゃない、吹き矢は船の中の誰かが、手で藤左衛門の首に突きさしたんだ」

船の中の人々は、鶴次のとび込みに夢中になっている。そのさわぎの中で船は揺れたろうし、女が藤左衛門によろけてすがりついたふりをして吹き矢を突きさしても、まず誰も気がつかなかった。

「俺は最初から下手人は同じ船の中にいると考えたんだ」

扇屋へ行ってみると、養子の三治郎は、優男《やさおとこ》で、気の弱そうな男である。しかも、いうことがしどろもどろであった。

「だが、それだけでは、俺もなんとも判断がつかなかった……」

けれどもおきぬが殺されて、これは間違いなく女の怨みだと見当をつけた。

「女中は猫が死んだ井戸だといって、ひどく怯えているし、おきぬは病的なほど猫がきらいだという。昔から化け猫と女はつきものだからな」

下手人が女とすると、藤左衛門を殺した吹き矢の仕度を、いつ、どこでしたかにしぼられてくる。

「まさか、あんな物騒なものをいつも持ち歩いているわけはない。大川橋からのとび込みがきまってから下手人はその機会に藤左衛門を殺そうと思いついたに違いないから、道具をとりに行ったのは誰かと考えたんだ」

鶴次と米蝶は座敷からまっすぐ船に乗っている。二人の新造も、四人の男達と同じであった。

「尾花屋のお内儀は出かける場所が自分の家だから、とりに行こうと思えば行けるが、どうも、お内儀とは思えない。船頭もそうだ」

そこへ、鶴次の着がえを千代吉が家へとりに帰ったときいて、ぴんと来た。

「千代吉は一番先に藤左衛門の異状をみつけている。ということは近くにいたわけだ。自分でやって、自分でさわぎ出したのは、そうしたほうがあやしまれないと思ったものだろう」

首尾よく藤左衛門を殺した千代吉は、その通夜の夜更け、扇屋の裏口から忍び込み、手水に行こうとしたおきぬを呼びとめて、裏庭の井戸端へ誘い出した。

「おそらく、藤左衛門に関係のあった女が線香をあげさせてくれといって来ているとでもいったのだろう。おきぬは好奇心から、うっかり裏庭へ出た。そこに、千代吉は黒猫をつないでおいて、名を呼んだから猫はいきなり井戸端に近づく。仰天したおきぬの足をすくって井戸へ落す」

るいが、東吾の肩にすがっておののいた。

「怖しい……」

千代吉は姉の仇をとろうと必死だったのだろうと東吾はいった。

「本来なら、藤左衛門とおきぬは、おしゅん殺しの罪を問われていなければならなかったんだ。金の力で、なんとか法の手を逃れてぬくぬくと暮している。千代吉のお千代には、どうしても許せなかったに違いないんだ」

千代吉を下手人として捕える気にはならないと東吾はいった。

「あの女は自分の罪を知っているんだ」

数日後、猫を抱いた若い尼が、「かわせみ」を訪ねて来た。きれいさっぱりと頭を丸めた、千代吉である。

「お情に甘えて、死んだ人の供養をしながら余世を送らせて頂きます。御恩の程は一生……」

墨染めの衣が、まだどこか恥かしげに、千代吉は大川端を立ち去った。

その夜から江戸は雨になった。一雨ごとに木の芽がふくらんでくる春の夜である。

鴉《からす》を飼《か》う女《おんな》

一

大川に沿って松平越前守の下屋敷がある。

小流れの掘割をへだてて、御船手の向井将監の屋敷もみえた。

反対側は町屋だが、商家の数は少なかった。

川っぷちに空地があって、大川の堤の修復をした時の使い残りの積石が適当においてある。

晴れていれば、子供達のよい遊び場だが、今日のように夕刻で、時折、小雨もぱらつこうという天気では、ひっそりとして人通りもない。

鉄砲洲のほうから来て、東吾は高橋を渡って、「かわせみ」へ行こうとしていた。

ちょうど、小雨がやんで、傘《かさ》は持っているが、さしてはいなかった。

積石のおいてある空地で、鴉《からす》の啼《な》き声がした。それも、けたたましくである。

ばさばさと奇妙な恰好で黒い鳥が宙で羽ばたいているのが、薄い霧の中にみえた。

鴉は飛び去りもせず、地上二間ばかりの空間を宙吊《ちゅうづ》りにでもなったかのように、ばたばたしては、啼き立てている。

大股に東吾は近づいた。

石のわきを通って、向い側をのぞく。

女を男が組み敷いていた。

馬乗りになって、男は女の首を締めている。

「馬鹿者っ」

傘で東吾は男の頭を打った。

男はもんどり打って、空地にころげたが、すぐ起き直って、東吾をみると、矢庭に大川へ身を躍らせた。

しまったと思ったものの、倒れている女のほうが気がかりである。

死んでしまったのか、東吾が近づいても、全く動かない。体へ手をかけると、頭上に羽ばたきがした。

鴉が東吾目がけて襲いかかろうとしている。傘をふって、鴉を追い、東吾は女をかつぎ上げた。

体は、まだ温かく、僅かに心臓の鼓動が伝わってくる。

ここから、「かわせみ」までは、そう遠くない。

歩き出そうとして、東吾は、ふと、石の脇に、かなり大きな鳥籠がころがっているのに気がついた。

四角い木箱のような、頑丈《がんじょう》そうだが、不体裁な鳥の籠である。

地に落ちた時、はずみでそうなったのか、格子の戸口があいて、横倒しになっていた。

二

「かわせみ」へ運んでから、医者を呼び、手当をすると女は間もなく正気づいた。

咽喉《のど》を強く締められて、気を失っていたもので、

「神林様のお出でが、もうほんの僅か遅かったら、殺されているところでございましたな」

八丁堀お出入りの医者は、ほっとしたような顔で告げた。

「かん……かんざぶろう……」

意識の戻った娘が、急に体を起そうとし、るいが慌《あわ》てて、押えた。

「なんですか、どなたか、お呼びになりたいんですか」

声をかけると、

「かんざぶろうは、どこへ……」

喘《あえ》ぐようにいう。

「勘三郎さんですか」

るいがいったので、東吾は、ふと気がついた。

「鴉の勘三郎か」

娘がうなずいた。

「呼んで下さい……どこかへ行ってしまう……」

「なんでございますか」

傍に来ていた、「かわせみ」の老番頭の嘉助が訊ねた。

「すまないが、ちょっと一緒に来てくれ」

すでに日が暮れていた。

嘉助に提灯を下げさせて、東吾は、さっきの場所へ行った。

鳥籠は前の場所に落ちていた。

「ここらに、居たんだが」

呟いて、東吾は空へむいて、

「勘三郎」

と、どなった。

「鴉の名前でございますか」

嘉助が気がついた。

「あの娘の飼っていた鴉なのかな。俺が傘をふりまわしたので、逃げちまったんだ」

そういえば、東吾がかけつけた時、鴉は主人の危機を知らせるように啼き立てていたし、娘を連れて行こうとした東吾へ、襲いかかる様子をみせた。

「夜になりましたから、どこかへ帰ったのかも知れません」

嘉助が鳥籠を拾った。

「明日、又、来てみるか」

「かわせみ」へ帰ってくると、畝源三郎が来ていた。

「そこで、玄庵先生に逢いまして、話をきいたものですから……」

町廻りから帰ったばかりのところを、この律義な定廻りの旦那は、すぐ、かけつけて来たものらしい。

「人殺し未遂ですな」

犯人はどんな男だったかと訊ねられて、東吾は渋い顔をした。

「まさか、いきなり大川へとび込むとは思わなかったんだ」

右頬に大きな瘤《こぶ》がある五十がらみの男といっただけで、源三郎には見当がついたようであった。

浅草の香具師《やし》の親方で文七というものの子分で猪之松という男ではないかといった。

「実は、三日ほど前に、殺しがありまして……」

やはり、香具師仲間で、奥山で鴉を使って芸をみせる鴉使いの彦三という男が、殺された。

「聖天長屋に住んで居りまして、白昼のこと、しかも下手人は誰にも顔をみられて居りません」

彦三はもう六十になる。

家族は娘が一人、名はお絹。

「風邪をこじらせて、又、持病の腰痛も起していたとかで、彦三は寝ていました。お絹が近所へ買い物に出かけたのが、八ツ（午後二時）少し前で、同じ長屋の大工の女房と一緒に大家のところへ寄って店賃を払い、大工の女房は長屋へ戻り、お絹のほうは煎じ薬を買って帰宅してみると、彦三が布団の上で胸を一突きにされて死んでいたということです」

家を留守にした時間が、およそ半刻、その間に犯人は彦三の家に侵入し、寝ていた彦三を殺して逃げたことになる。

「もの盗《と》りではなかったようで、簞笥《たんす》のひき出しには少しまとまった金も財布に入っていたのに手をつけていませんし、部屋の中を物色した様子もありません」

「すると、怨恨か」

「お絹という娘が、なかなかの器量よしで、それをめぐって、少々、いざこざがあったのは事実ですが……」

そこで、東吾が気がついた。

「お絹なのか、あの娘……」

夕方、東吾が助けた女である。

「鴉を連れていたというので、そうではないかと思ったのですが……」

お吉に娘の部屋をのぞかせると、薬がきいて来たのか、よく眠っているという。

障子の外から、娘をみて、源三郎は、

「お絹のようですな」

一度、彦三が殺された時に、浅草まで行って、娘のお絹に逢ったことがあるという。

大川端で襲われたのが、鴉使いの彦三の娘だとすると、大川へとび込んで逃げた猪之松というのが、彦三殺しにかかわり合いがあるかも知れない。

「手前は、猪之松の手配をして来ます」

そそくさと、源三郎は八丁堀へ帰って行った。

東吾のほうは、最初から大川端の「かわせみ」へ泊るつもりだったから、無論、源三郎と一緒に八丁堀の兄の屋敷へ戻る気はない。

月に十日ほど、代稽古に行っている狸穴の道場の最終日には、いつも、まっすぐ、るいの許へ帰ってくる。

「又、奇妙な事件にかかわり合いを持ったようだな」

更けて、るいの部屋で横になりながら、東吾はちょっと苦笑していったが、まだ、この時は、それほどのことにも思っていなかった。

翌朝、東吾が起き出した頃には、昨日、助けた娘は、かなり元気になっていて、

「やはり、お絹さんですって……」

浅草の奥山で鴉を使って曲芸をみせていた彦三の娘だと、女中頭のお吉は、ちゃんと当人からきき出していた。

もう、起き上って、朝餉《あさげ》も終ったところだというので、東吾はるいと一緒に、お絹のいる萩の間へ行ってみた。

お絹は縁側に出ていた。膝に鳥籠をのせている。

「ちょっと、お邪魔をしてもよろしゅうございますか」

るいが声をかけると、お絹はふりむいて、小さく、はいと返事をした。続いて入って来た東吾をみると、すわり直して、両手を突いた。

「昨日はお助け下さいまして……」

相手が侍なので、固くなっている。

「そんなことはどうでもいいが、鴉には気の毒をした。俺が追い払ったものだから……」

「いいえ、きっと帰って参ります」

浅草の家に帰っているかも知れないと、お絹はいった。

「よく馴らしてありますし、勘三郎はなかでも、一番の利口者ですから……」

「彦三の飼い鴉だな」

「はい、世話はあたしがしていました」

「彦三は、殺されたそうだな」

お絹はうつむいた。みるみる、涙が浮んでくる。

「どうして、あんなところであんなことになったんだ」

浅草に住んでいる娘が、大川端へやって来た理由である。

「あたし、お奉行所へ行くつもりでした」

「奉行所……」

思いがけないことだったので、東吾は思わず、るいと顔を見合せた。

「お父つぁんを殺した下手人を縛ってもらいたかったんです」

お絹の眼がきらきら輝いた。みかけよりも勝気で、向うみずなところのある娘のようである。

「下手人の心当りがあるのか」

「あります」

「ならば、彦三殺しを調べているお手先に話すとか……」

「仁助親分は駄目です。文七が怖くて、手も足も出ないんです」

「文七……」

「香具師の親分です。身内が大勢いて、さからった者は知らない中に殺されて、それっきりです。お父つぁんだって……」

涙と洟《はな》をすすり上げた。

「彦三は、文七に殺されたのか」

「それに違いないんです……」

「わけはなんだ、彦三は、どうして文七に逆らったのだ」

お絹はしゃくり上げて、返事をしない。

「かくさないで、なんでも話してごらんなさい。こちらは八丁堀のお方で、必ず、お絹さんの力になって下さいますから……」

るいがいうと、お絹は泣き濡《ぬ》れた顔に、びっくりした表情を浮べた。

「お役人さまだったんですか」

「いや、俺は八丁堀の役人ではないが、友人には町廻りの旦那もいる。実をいうと兄貴が奉行所づとめなんだ」

少し照れて、東吾は頭へ手をやった。

「まあ、悪いようにはしないつもりだ。お前を助けたのも、なにかの縁だと思うから、なんでも打ちあけて話してみるがいい」

そういわれて、お絹は決心したらしい。

「文七は、あの……あたしを妾によこせって、お父つぁんにいったんです」

流石に赤くなっている。

「ことわったんだな」

「ええ、他のことならとにかく、それだけは御勘弁下さいって……でも、お父つぁんは帰って来て、すぐいいました。とても、このままじゃすまないから、夜逃げをして、どこか知らない土地へ行って暮したほうがいい……でも、あいにく、持病が出て……」

それでも、なんとか起きられるから、今夜にもと考えていた日に、彦三は殺された。

「あたしは、夜逃げの仕度に、大家さんへ店賃を届け、お父つぁんの薬を用意しに行ったんです」

その留守に文七の手が廻ったに違いないとお絹はいった。

「文七が手を下したという証拠は……」

「ありません。でも、それに違いないんです」

他に殺されるわけがないと、お絹はいい張った。

「あたしは、なんとか、そのことをお奉行所できいてもらいたいと思って……」

たまたま、昨日、花川戸から鉄砲洲まで行く舟があったのを幸い、乗せてもらい、八丁堀へ行こうとしたのだが、

「猪之松が、あたしを尾《つ》けて来たんです」

多分舟で追って来たのだろうと、お絹はいった。

「あそこの空地で追いつかれて、危く、殺されるところでした」

鴉の勘三郎を連れて行ったのは一人で奉行所へ行くのが心細かったためだという。

「猪之松というのは、文七の子分なんだな」

お絹がうなずいたところへ、番頭の嘉助が顔を出した。

「畝の旦那がおみえなすって、外でお待ちになって居りますが」

三

畝源三郎は自分の家の小者と、別にお手先を一人連れていた。

「念のために、かわせみへおいて行きます」

無論、「かわせみ」に居るお絹への要心である。

「東吾さんは、手前と一緒に行って頂きたいところがありますので……」

猪之松が殺されて川に浮んだと源三郎がいい、東吾はあっけにとられた。

「昨日、お絹を襲った男と同一人か、首実検をして頂きたいのです」

東吾はそそくさと草履を突っかけた。

「場所はどこだ」

「水神の森の近くです」

水神の森というのは、隅田川に綾瀬川が流れ込むあたり、隅田村の鎮守、浮島社の森のことで、神代の昔、水神が亀に乗って隅田川に現われて、この地に鎮座したと伝えられている。

川に面して二百七十坪ばかりだが、こんもりと樹木が茂っていて、寂しいところであった。

猪之松の死体は、その水神の森から、やや下流の寺島村に近い渡し場の棒杭《ぼうぐい》にひっかかっていた。

東吾が源三郎と現場へ着いた時は、死体は引きあげられていて、土地の岡っ引の権太というのと、浅草から、猪之松の人相を確認しに来た仁助という十手持ちが、顔を並べて待っていた。

猪之松は胸を匕首《あいくち》のようなもので一突きにされている。

「こいつだ。俺が取り逃がした奴に間違いない」

なによりも、大きな瘤が目じるしだったが、薄暗がりの石置場で、お絹の首を締めていた男に違いない。

岡っ引の仁助が、源三郎に近づいて、しきりになにか告げている。

「香具師の文七は、猪之松を一昨日、みかけたきりだといっているようです」

東吾のところへ戻ってきて、源三郎がいった。

「浅草まで行ってみますか」

「香具師の親分というのに逢ってみるのも悪くないな」

猪之松の始末は、権太にまかせて、源三郎は舟を命じ、東吾と共に隅田川を橋場の渡しへむけて漕ぎ出させた。

向島の桜には、まだ少し早いが、如何にも春らしい陽気であった。

それでも、川風は、まだ冷たい。

「東吾さんは、猪之松を傘でなぐったわけですな」

大川を眺めながら、源三郎が念を押した。

「そうだ、傘でぶんなぐった。今、考えると当て身でねむらしておけばよかったんだ」

まさか、川へとび込んで逃げるとは思わなかったと東吾は苦笑する。

あのあたり、大川は川幅も広いし、流れも早い。

「猪之松は河童《かっぱ》という仇名がございますんで、長いこと、水にもぐるのが得意で、よく見世物にも出て居りました……」

仁助が口をはさんだ。供をして、同じ舟に乗っている。

人柄は真面目そうだが、まだ若く、貫禄《かんろく》がなかった。

香具師の親分である文七に敵《かな》わないとお絹がいっていたのを東吾は思い出した。

夏など、大きな水槽《すいそう》を作って、その中に、赤い腰巻一つの女を何人か泳がせる。大方は房州あたりの海女をやとってくるのだが、それだけでは面白くないとて、河童の扮装《ふんそう》をさせた猪之松が、海女と一緒になって、水中の追いかけごっこをする。

他愛のない見世物だが、それなりに煽情《せんじょう》的で、けっこう客が入るという。

河童と仇名のある男なら、大川へとび込んで、鉄砲洲のあたりまで泳ぐのも、たいしたことではなかったに違いない。

「殺されたのは、その後ということになりますな」

「そりゃあそうだ。傘でぶっ叩いただけで、胸に穴があく筈もないし、第一、大川端で殺されたものなら、大川がさかさにでも流れない限り、水神の森あたりへ死体が流れつくわけがない」

東吾は笑い、源三郎も苦笑した。

香具師の文七の家は花川戸にあった。

みがき込んだ格子の中に、大きな提灯が下って居り、その正面にひどく立派な神棚がある。

文七は朝湯に行って戻ってきたばかりであった。

年は四十七、八、苦み走って、なかなかの男前である。

背は高く、胸幅は厚い。濃い髭の剃り痕が青々としていて、なかなかの押し出しであった。

岡っ引の仁助が手も足も出ないというのは実感で、向い合っただけで位負けがしてしまう。

「これは旦那方、ご苦労さまでございます」

腰を低くして、文七が、奥座敷へ案内しようとするのを断って、源三郎は上りかまちに腰を下ろした。

「死んだ猪之松のことで二、三、訊ねたい。かまわないでくれ」

そうことわったのに、文七は自分で座布団を運び、女房に茶の仕度をさせた。

「一昨日、ここへ来たそうだな」

「へい、あれは夕方でございましたか、ちょいと顔を出して行きました」

別に用事があったわけではなく、時々、そうやって顔を出すのは、

「みんな、そうでございます。なにか仕事がないかということで……」

「猪之松は、なにか、いっていなかったか」

「さあ、手前には、なにも……」

手を叩いて、若い者を呼んだ。

「政吉と申します」

文七の身内で、祭の宰領などをやっている。

「猪之松の奴は、手前になにかいっていったか」

文七に訊かれて、政吉は首をふった。

「これといって、別に……」

「お前のほうから、猪之松に命じたことはなかったのか」

東吾が口をはさんだ。

「二、三日したら、又、来るように申しました。千住のほうに市が立つあてがございましたんで……」

政吉と入れちがいに、文七の女房が酒肴を用意して来た。勿論、源三郎も東吾も盃は手にしない。

「若い者は何人ぐらい、おいているのか」

東吾が文七に訊ねた。

「政吉を入れまして、五、六人、みんな使い走りの連中で……」

「昨夜はどこに居た……」

「手前でございますか……」

文七が女房をふりむいた。

「旦那方は御酒《ごしゅ》はあがらないから、旨い茶を入れかえて来い」

狐《きつね》のような顔をした女房が出て行くと、文七は、ちょっと、ぼんのくぼに手をやった。

「昨夜は仲間内の寄合が吉原でございまして……手前は、その……」

馴染《なじ》みの女がいるので、昨夜はそこへ泊って、今朝方、帰ったという。

「兵庫屋の染蝶という女で……」

膝をそろえて、しきりに恐れ入っている。

「鴉使いの彦三の娘を妾によこせといったそうだな」

ずばりと東吾にいわれて、文七はいよいよ当惑した。

「とんだことがお耳に入りまして……」

実は、彦三から娘を吉原へ勤めに出そうかと相談を受けたという。

「女郎に売るくらいなら、俺が面倒をみてもいい、と、つい、色気を出しましたが……

それっきりで……」

返事をもらわない中に、彦三が殺されてしまったという。

「彦三が殺された日は、お前はなにをしていたんだ」

「奥山を廻って居りましたが……」

「一人でか……」

「猪之松が供をして居りました。一日中で……奥山の芸人にきいて頂けば、わかります」

渋茶にも手をつけず、東吾と源三郎は腰を上げた。

「食えない奴だな」

「そのようですな」

仁助と別れて、東吾と源三郎は浅草の小料理屋で腹ごしらえをした。

「文七がくさいですな」

肝腎の彦三殺しの日、奥山を歩いていて、その供が猪之松というのが曲者《くせもの》だと源三郎はいう。

「猪之松を抱き込んでいれば、ちょっと聖天裏まで行って、寝ている彦三を殺すぐらいなんでもありません」

「最初から殺すつもりで行ったのではないかも知れないな」

お絹を妾にという話を蒸し返しに行って、彦三からはねつけられ、腹立ちまぎれに突き殺したのかも知れないと、東吾はいった。

「猪之松がお絹を殺そうとしたのは、奉行所へ訴えに行くとわかったからですか」

「文七が猪之松に命じて、お絹を見張らせていたのだろう。猪之松はお絹を殺さず、文七のところへ連れて戻るつもりだったのだろうが、鴉の攻撃を受けて、慌てたんだ」

「猪之松殺しは、文七ですな」

「文七が手を下したか、若い奴らを使ったか、おそらく、文七自身だろう。猪之松のしくじりを怒ったのと、最初からいずれ、猪之松の口を封じる気だったんだな」

「兵庫屋の染蝶を当ってみる必要がありますな」

「おそらく、口裏を合せてあるだろうが……」

「ああいうところの女の口を割らせるのは、手前なぞは苦手でして……」

にやにやと源三郎が笑い出した。

「どなたかさんのように男前で、口がうまくないと」

「けしかけたって、その手には乗らないぞ」

「勿論です。手前もかわせみに出入りが出来なくなりますから……」

だが、小料理屋を出ると、東吾は駕籠を呼んだ。

「源さんは八丁堀へ帰れ。俺は兵庫屋へ行ってくる」

ただし、るいには内緒だと悪戯っぽく笑って駕籠に乗った東吾を、源三郎は途方に暮れて見送った。

四

吉原へついて、まず東吾は丁字屋へ行って女主人のよしのを呼び出した。

丁字屋は、まだ東吾がるいと夫婦同様になる以前、よく練兵館の仲間とあがった店で、それというのも、ここの女主人のよしのというのが、なかなかの女長兵衛で、若い東吾達を親切に面倒をみ、世話を焼いてくれたからで、殊に東吾は女と寝るよりも、よしのと話をするのが楽しみで、せっせと廓《くるわ》通いをした時期があった。

今はもう四十のなかばをすぎたが、あいかわらずの女っぷりで、東吾もつきあいで吉原へ来る時は必ず顔を出している。

よしのの部屋で、ざっとわけを話すと、女長兵衛はすぐ心得て、一緒に兵庫屋へいってくれた。

抱主《かかえぬし》に適当なことをいって、染蝶との仲をとりもってくれる。

そうでもしないことには、なかなか一見《いちげん》の客が、遊女とさしになって泊り込むのは難しかった。

吉原の遊女の見識も昔のようではなくなっているものの、まだ初会で女の部屋へ通るわけには行かない。

「東吾さんのことだから、心配はしませんが、おるいさんを泣かせるようなことはなさいませんように……」

よしのは、そんなことをいって、丁字屋へ帰って行った。

表座敷で一杯、飲んでいると、やがて染蝶が来た。

二十三、四だろうか、小柄でちょっと寂しい美貌である。

東吾が、内心、どきりとしたのは、どこか面ざしがるいに似ていたためである。

遊びは、昔とった杵《きね》づかで、適当に散財しておいて、間もなく、染蝶の本部屋へ案内され、二人きりになった。

「なにか、わちきにおたずねがありんすとか」

女が口を切ったのは、東吾に抱かれたあとで、東吾は夜具の中に腹這《ば》いになったまま、女が渡してくれた吸いつけ煙草をのんでいた。

「お前の馴染みに、浅草の文七という男がいるだろう」

昨夜、泊ったかと訊かれて、染蝶はうなずいた。

「朝帰りだったそうだな」

「ええ」

「馴染みのことを、話しにくいだろうが、文七は昨夜、何刻頃に来たのかいってくれないか」

「退《ひ》けすぎに来なました。朝まで、わちきの部屋にいて、夜明けにお発ちなさんした」

「夜明け……何刻だ」

染蝶が、東吾の顔をのぞくようにした。

「主《ぬし》はお役人でありんすか」

「役人じゃあないが、文七を調べているのは本当だ」

「お役目で……」

「いいや。袖《そで》ふり合うも他生の縁という奴だ」

それっきり、なにもいわない。

東吾にしても、なにもかも、この女に打ちあけるわけには行かなかった。

女がどこまで、文七に手なずけられているかわからない。

「どなたかのために、お調べを……」

「女のためだ。身よりのない、たった一人の父親もなくした女のためなんだ。おまけに、そいつはねらわれている」

「主は、そのお方がお好きでありんすか」

「色恋じゃねえんだ、俺には恋女房がいるんでね」

「そのようなお方がありんすに、わちきのようなものと……」

東吾は女の手をとった。

「俺が調べているのは、あんたの客なんだ。あんたに話してもらうためには、俺も裸になってぶつかるのが本当だと思ったんだが……」

染蝶が体ごと、東吾に寄り添った。

「話したくなけりゃ、無理にとはいわない」

「文七さんは、明け六ッ（午前六時）に、ここを出て去《い》なんした」

吐息のように、染蝶がいった。

「明け六ツ……いつも、そんなに早いのか」

「いいえ、いつもはもう少し遅うござんす。必ず、駕籠を呼んで……」

「昨夜は……」

「人を、どこぞに待たせてあるからと……」

歩いて帰ったという。

「そうか」

待たせてあったのは、猪之松ではないかと思った。

どこかに舟を用意しておいて、それで向島へ渡る。水神の森の近くで猪之松を殺して、川へ捨て、舟の始末をして、なにくわぬ顔で家に帰る。

「今朝は霧が深かったんじゃないか」

「ええ、一寸先もみえないほど……」

文七のアリバイは崩れたが、証拠がなにもない。

「主……」

染蝶が、東吾の手から煙管を取り上げ、自分からすがりついて来た。

翌日、東吾が八丁堀へ帰って来たのは辰の刻（午前八時）に近かった。

「調べてもらいたいんだ。猪之松の殺された朝、あの近くで猪牙《ちょき》が一艘みえなくなったようなことはなかったか。それと、文七が花川戸の家へ帰った時刻、誰かが、文七を目撃していないか」

源三郎は、東吾をつくづくと眺め、なにもいわずに出て行った。

兄の屋敷へ戻って、自分の部屋でひとねむりすると、兄嫁の香苗が起しに来た。

「畝さまがおみえですよ」

畝源三郎は仁助を連れていた。

「東吾さんのおっしゃる通りです」

あの朝、橋場の渡しの近くにおいてあった猪牙が一艘、なくなっていて、船頭が蒼くなって探したら、午近くなって、柳橋の近くにもやってあるのをみつけたという。

誰かが、早朝か、深夜に猪牙を使い、別の場所につないで立ち去ったに違いない。

「文七が、家へ帰ったのは、五ツ半（午前九時）すぎだそうです。近所の隠居所へ来ていた植木屋が、帰って行く文七をみています」

明け六ツ（午前六時）に吉原を出て、花川戸へ五ツ半に帰るというのは、時間がかかりすぎている。

なくなった猪牙には、別に血痕もなかった。

「文七をしょっぴきますか」

源三郎はいったが、東吾は考え込んだ。

もう一つ、証拠が欲しかった。したたかな相手だけに、いいのがれの出来ない決め手が欲しい。

東吾と源三郎のために、軽い午餉《ひるげ》の仕度をして運んで来た香苗がいった。

「かわせみの嘉助が来ていますが、こちらへまわってもらってよろしいかしら」

なんとなく、東吾はうろたえた。

吉原からの朝帰りである。

だが、嘉助は庭から入って来た。

「お絹さんが、どうしても浅草へ帰るといいまして……」

るいも嘉助も、東吾がくるまでと、ひきとめていたのだが、

「今しがた、気がついたのですが、いつの間にか、姿がみえなくなって居りまして……」

部屋にいるとばかり思って行ってみると、縁側から裏木戸を抜けて、「かわせみ」を出て行ったらしいことがわかった。

「お嬢さんが、東吾様に申しわけないとおっしゃって、すぐ舟で浅草へ向われましたが……」

東吾と源三郎は慌しく立ち上った。

「飼っている鴉のことが気がかりだったらしゅうございます」

出て来る時、五羽もいる鴉の餌を近所の人に頼んでは来たそうだが、

「勘三郎が、家へ帰っているかも知れないといいまして……」

大川端から東吾に追われて逃げた鴉である。

「それに、歿った父親の骨も、そのまま、おいてあるので……」

数えてみれば、お絹がどうしても浅草の家へ帰りたかった理由はいくつもある。

「まっぴるまのことですから、まさか、文七も手は出さないと思いますが……」

嘉助はそういったが、お絹の父親の彦三が殺されたのは白昼のことである。

三人の男を乗せて、猪牙は大川をさかのぼった。

うらうらと、今日ものどかな春だが、東吾は空腹をもて余した。

昨夜から食事らしい食事をしていない。

しきりに、「かわせみ」へ行って、るいの手料理で腹一杯、飯をかきこみたいなどと、奇妙な里心が湧いた。

橋場の渡しから、聖天長屋まで三人の男は一息に走る。

聖天長屋まで来て、東吾は、成程と思った。

午すぎのこの時刻、男達は働きに出て、子供は遊びに行っている。

午まではとかく、洗濯《せんたく》や炊事の後始末でにぎやかだったろう共同井戸のあたりも、がらんとして人影がない。

長屋の女たちも、家に閉じ籠《こ》もる時刻であった。内職に精を出すもの、昼寝をするものなど、それぞれだろうが、外へは出ない。

彦三を殺した下手人が、誰にも顔をみられないで、この長屋を出入りしたのも不思議ではなかった。

長屋の女たちの生活を知っている者なら、ちょっと要心さえすれば、容易なことであった。

おまけに、彦三の長屋は路地のとばくちにある。
表口は路地に面し、裏口は共同井戸にむいていた。
家へ近づくと、鴉の声がした。
何羽かの鴉が一せいに啼き立てている。
様子がおかしかった。
「源さん……」
目まぜして左右に別れる。
嘉助は心得て、裏に廻った。
そろりと、源三郎が戸を開けにかかる。
とたんに、鋭い音がして、戸に刃物が突きささった。
出刃庖丁である。普通のより、やや小さめで柄が短かった。
出刃打ちの出刃庖丁であった。
戸がはずれ、そこから家の中がみえた。
東吾も源三郎も息を呑んだのは、そこに文七が立っていたことである。
手に出刃打ちの庖丁を六本、左右に分けて持っていた。
部屋の奥に、るいとお絹が立ちすくんでいる。
「来たな」
油断なく、文七が戸口をふりむいた。

「染蝶をくどきに行ったのは、どっちだ。大方、そっちの色男の侍だろう」

左右の手が、庖丁をかまえた。

六本の手を持つ昆虫《こんちゅう》のようである。

「染蝶は殺したぜ、お次はどいつだ、俺は一度に六本の出刃をとばしてみせる芸を持ってる男なんだぜ」

そういう出刃打ち芸人がいるのは、東吾も知っていた。

前後左右に藁人形をおいて、中央に立ち、六本の出刃を瞬時にとばして、すべての藁人形の胸を貫いてみせる。

文七は、いい位置に立っていた。

ふみ込んで、斬りつけるには距離がありすぎる。

こっちへとんでくる出刃は払い落せても、同時に、お絹やるいへとぶ出刃は防げない。

流石に、東吾も蒼ざめた。

相手は、もう覚悟をきめている。

地獄の道づれと考えている相手に、迂闊《うかつ》にはかかれなかった。

源三郎も動かない。

「そうれ……」

低く、声をかけて、文七が両手をあげた。

六本の鎌を持つ巨大なかまきりのようである。

その時であった。
激しい羽音がした。
鴉の声である。
家の中の鴉ではなかった。
裏口に近い障子に人影が映った。
肩のあたりに、羽をひろげて鴉がはばたいた。
鴉を背にした老人の影法師であった。
「彦三……」
文七が叫び声をあげた。
驚愕《きょうがく》で眼が吊《つ》り上っている。
その一瞬を、東吾は見逃さなかった。
東吾の手から白刃が走る。
「伏せろッ」
絶叫の中で、東吾は何本かの出刃を太刀で叩き落していた。
どっと源三郎が文七に体当りする。
裏口から嘉助がとび込んだ。
続いて、鴉が一羽。
「勘三郎……」

るいに抱かれて、部屋のすみに伏せていたお絹が嬉しそうに叫んだのが、ひどく、のどかに聞えた。

文七は、もう、嘉助に縛り上げられている。

　文七は、嘉助の影法師を、自分が殺した彦三と錯覚したものであった。

「勘三郎のせいなんだ、ちょうど、あいつが彦三の肩にとまったような恰好で……」

鴉を使って曲芸をみせる時、彦三が好んでする恰好が、文七に嘉助を彦三の幽霊かと恐怖させた。

「昼日中、幽霊が出るわけないじゃありませんか。そそっかしい人だ」

話をきいて、「かわせみ」の女中頭のお吉が笑った。

影法師は夕方の西陽の悪戯《いたずら》である。

「白昼に彦三を殺したんだ。幽霊が昼間、出たって不思議じゃないだろう」

そういう東吾は暗澹としていた。

文七は、その昼間、吉原の兵庫屋へ行って本部屋にいた染蝶を匕首で一突きにして殺していたのだ。

「とんだ、手ぬかりでした。仁助が猪牙を調べているのが、文七の耳に入って、それで染蝶から……」

アリバイが崩れたのを文七が知ったものかと、源三郎はいった。

兵庫屋のやりてに、昨夜、染蝶のところへ客がなかったかと、文七は訊いていた。

「やりてが馬鹿で、若い男前の侍が泊ったといったらしい」

そのまま、文七は本部屋へ押し上って、染蝶を殺した。

兵庫屋が気づいてさわぎ出した時には、もう聖天のほうへ逃げて来て、まっすぐ、彦三の長屋へ行っている。

「ひょっとして、お絹が帰って来ているんじゃねえかと思いまして」

と文七は取調べに白状している。

文七の勘が当って、ちょうと、お絹は鴉達に餌をやり、遅れて着いたるいと、ここを立ち退く仕度をはじめたところであった。

「危く、お嬢さんも、お絹さんも、染蝶の二の舞でした」

嘉助は、その時の光景を思い出して嘆息をつく。

「文七が、若い時分、出刃打ちの名人だったとわかっていれば、もう少し、なんとかなったんだ」

東吾がどうしても合点が行かなかったのは、吉原からの朝帰りに、猪之松を舟に乗せて、水神の森の近くまで運んで行って殺したにしては、舟にも血痕がなく、文七自身も返り血を浴びていないことであった。

「舟に血痕がないのは、舟から下りて殺したってことかも知れない。それにしても、文七は、家へ帰ってくるところを、近所の植木屋にみられているんだ」

昼間のことで、着物に返り血がついていれば、あやしまれないわけがない。

「匕首に紐《ひも》を結んで、遠くから投げて殺したそうです」

文七の取調べに立ち会ってきた源三郎が報告した。

猪之松は、お絹を尾けそこねた失敗を、文七に知らせに来た。

文七は腹を立て、同時に猪之松の口をふさぐことを考えて、夜明けに、猪之松と吉原の近くで待ち合せ、盗んだ猪牙に乗せて、水神の森のそばまで行った。

猪之松を先に舟から下ろし、いい加減のところで、紐をつけた匕首を投げて、猪之松を殺した。

「紐をひけば、匕首が抜けると同時に、猪之松の体は川へ落ちるというわけで……」

舟に血痕を残さず、返り血も浴びずに、文七は舟を漕いで、柳橋の近くまで戻り、そこから歩いて、花川戸へ帰った。

「彦三を殺したのは、やはり、お絹のことで話をつけに行き、ことわられて、かっとして刺したといいます」

文七のような逆上する性格の男が、出刃打ちをしていたのが、そもそも、怖しい話であった。

東吾は、久しぶりに兄の通之進に金を出してもらった。

染蝶の葬式と墓をたててやる金である。

春の彼岸に、東吾は浮かない顔で、源三郎と染蝶の墓まいりに出かけた。

「とうとう、おるいさんの知らない墓が出来てしまいましたね」

香華《こうげ》をたむけて合掌している東吾の背後で、源三郎がいった。

「手前は不粋で、よく知りませんが、彼岸の日に女房の知らない仏の墓まいりに行くという歌の文句があるそうですよ」

それに対して、東吾は、なにかいいたそうな顔をしたが、黙って立ち上った。

頭上で、勘三郎ではない鴉の啼き声がしている。

江戸はゆっくり春景色であった。

鬼女《きじょ》

一

駿河町、尾張町は呉服店が多かった。

江戸の川柳に、

呉服店うかと覗くとらんがしさ

うっかりと覗かれもせぬ呉服店

尾張町通り抜けると静かなり

などというのがあるが、呉服店に限り、どこも、番頭、手代がやかましく客を呼び込む風習があって、それも大店の呉服店は、奉公人の大方を上方者で揃《そろ》えていたから、上方言葉の呼び込みは独特の雰囲気を作り出していたものらしい。

向島の花だよりがぼちぼちという午下りに、るいは珍しく一人で尾張町の津田屋へ買い物に行った。

尾張町には角の蛭子《ひるこ》屋、亀屋、浜田屋、布袋屋、恵比須屋と呉服店が軒を並べていて、津田屋もその一軒であった。

店がまえはさして大きいほうではないが、主人の好みが、るいの好みに合っていて、気のきいた柄がそろっている。

るいの父親が八丁堀の同心だった時分からのひいきの店で、番頭や手代とも気心が知れているのも入りよかった。

その津田屋の、いつもは他の店に劣らず、威勢のいい呼び込みが、その日は、どこか意気消沈していることに、最初、るいは気づかなかった。

「これは、おるいさま。ようお越しなされました。ほんに、この二、三日、暖《ぬく》うなりましたなあ」

顔見知りの忠助という番頭が目早くみつけて、小僧に座布団を持って来させ、さあさあと勧める。

どこの呉服店もそうだが、店先に番頭がずらりと並び、その上に自分の名前を書いた張り紙がしてあって、店へ入って来た客は、自分の贔屓《ひいき》の番頭を選んで、その前に上り込んで買い物をする。

得意客を大勢持っている番頭には、介添《かいぞ》えの手代がついて、賑やかな商売ぶりであった。

どちらかというと、二枚目の、役者にしてもいいような優男《やさおとこ》を揃えた呉服屋が繁昌《はんじょう》する気配があって、上方育ちの上方言葉もやわらかな呉服物を扱う店にふさわしいと喜ばれていた。

津田屋も番頭、手代の大方が上方から下って来た奉公人達で、ここも色の白い美男が揃っているが、るいが贔屓にしているのは、もう五十をすぎた大番頭で、実直な人柄でもあり、柄の見立てがうまい。

今日の買い物は、「かわせみ」の女中頭であるお吉の兄の娘が近く嫁入りをするというので、その祝いになにか見立ててやりたいと思ったのと、ついでにお吉と嘉助にも割安な春着でもあればと心づもりをして来た。

忠助は心得て、すぐそれらしい品物を次々と出してひろげたが、どこか彼の様子にも普段と違うものがある。

それでも、るいは気に入った買い物がまとまって、中でも東吾のために、なんともいえないいい色合の帯がみつかって、それだけでも胸がふくらむような気分で、手代の運んで来た茶を飲んだ。

「今日は、ご主人は……」

なにげなくきいたのは、いつも帳場格子のところにすわっている主人の五兵衛の姿がみえなかったからで、るいとしては得意客廻りにでも出かけたのかと、他意のない問いかけだったのに、忠助はひどく狼狽《ろうばい》して、咄嗟《とっさ》に返事が出来なかった。

るいのほうも気を遣《つか》ってしまって、これはなにか悪いことをきいたのかと居心地悪くなったところへ、ちょうど、嘉助が迎えに来て、揃って津田屋を出た。

嘉助のほうは、近くの翁屋東紫軒へ、「かわせみ」の客に出す煎餅を買いに行ったもので、帰りには津田屋へ寄って、るいと大川端へ帰る約束になっていたものである。

尾張町を通り抜けると、

「津田屋には、なにかございましたんですか」

嘉助がきく。

流石《さすが》に、元八丁堀の奉公人だけあって、店の空気にぴんとくるものがあったらしい。

「あたしもそんなふうに感じたのだけれども……」

主人の五兵衛が帳場に居らず、そのことを訊いた時の番頭の様子がおかしかったとるいがいうと、嘉助は考え込んだ。

「若旦那の清七さんは、店に出ていませんでしたね」

そういわれて、るいは津田屋が、つい先だって養子を迎えたのを思い出した。

今の主人の五兵衛夫婦には子供がなく、五兵衛の女房のおあつというのの遠縁に当る娘を引き取って育てていたのに、仲介する人があって清七という聟を迎えて、跡つぎにした。

「清七さんを連れて挨拶廻りにでも行ったのかしら」

るいは、そういってみたが、それにしては番頭の反応が不審であった。

「家の中は、うまく行ってるんでございますかね。五兵衛さんは養子旦那で、お内儀さんは大層、気の強い人だそうですから……」

嘉助はそんなことを思案している。

津田屋五兵衛の女房が、先代の一人娘で、かなり我儘《わがまま》な女だというのは、るいもきいていたが、呉服屋は普通、店と住いが別になっていて、女が店へ出ることはまずないから、五兵衛の女房に逢ったことはない。

大川端へ帰ってくると、お吉がにこにこ顔で、出迎えた。

「今、おいでになったんですよ、東吾様が……畝さまとご一緒です……」

るいの居間で、東吾と源三郎は粟粥《あわがゆ》を食べていた。

練兵館で祝事があっての帰りだという。

「祝いごとといえば聞えはいいが、朝っぱらから素振《すぶ》り千回やらされて、あげくに模範試合と来たもんだ。いい加減空《すき》っ腹のところへ、冷酒だからたまったものじゃない」

「おまけに昼間ですからな」

源三郎が律義に相槌を打った。

「夜なら、もう少し、なんとかしようがあります」

「なんとかしようがあるって、どういうことなんですか」

お吉が面白がって食い下った。

「たとえば、吉原か深川《なか》へでも繰り出そうってことでございますか」

ちらりと東吾とるいを見較《くら》べる。

「少なくとも、大川端へ来て、大の男が粟粥を食うことはなかったんだ」

東吾が笑いながら、やっと箸《はし》をおいた。るいの入れた茶を旨《うま》そうに飲む。

「粟粥がよいとおっしゃるから、お作り申しましたんですよ。お二人とも、昼日中から赤鬼のようなお顔で入っていらして、これじゃ八丁堀へ帰れないとおっしゃるから……」

酔いざましに梅干の入った粟粥を炊《た》いたのだと、お吉は威張っている。

「とにかく、一ねむりする。こう酒くさくてはどうにもならない……」

東吾がいって、るいはすぐ奥の間に二組、布団を敷いた。

間もなく廊下をへだてて、高鼾《いびき》が聞えてくる。

「余《よ》っ程《ぼど》、派手におやりになったんですね」

お吉は笑って肩をすくめた。

その時刻あたりから、「かわせみ」はいそがしくなって、客が次々と到着して来る。

夕飯の頃になっても、男二人は起きて来なかった。

「その中、お目覚めになるから……」

無理に起すことはないとるいはお吉にもいいつけて、酒の仕度などをして待っていた。

「どうしましょう、お嬢さん。津田屋の番頭さんがみえたんですが……折り入ってお願いがあるということで……」

嘉助が取り次いで来たのは、五ツ（午後八時）近くで、いくらなんでも、ぼつぼつ東吾を起したほうがいいかと考えていた時である。

るいは、ちょっと迷った。折り入ってというからには、帳場ですませられる話ではなさそうだし、といって居間へ通してしまって、もし、東吾が起きてくると具合が悪い。あいにく、客部屋は一杯であった。

「きいてあげて下さいませんか。忠助さんの様子をみると、よくよく思いつめて来たようでございますから……」

嘉助にいわれて、るいは止《や》むなく、居間へ忠助を通すようにいいつけた。

入って来た忠助は、成程、ひどく緊張して顔色も蒼ざめている。

「申しわけございません。お得意様へ、こないなことをいうて参りまして……」

長い江戸暮しで、忠助の上方訛《なま》りは、もっぱら営業用だけらしく、こうして喋る口調はごく一般のお店者と変らない。

「どうぞ、ご内聞に願います。お内儀さんからはお上にお届けするに及ばない、と固くいわれて居りますので……」

一昨日から、主人の五兵衛が行方不明だと忠助は口ごもりながら、やっといった。

「五兵衛さんが……」

るいはあっけにとられた。

一家の主人が行方不明とは容易ではないことなのに、それをお上に届け出ない女房の気持がわからない。

「お内儀さんは世間体が悪いからとおっしゃって……大方、二、三日もすれば帰ってくるだろうと……」

「そういうことが前にもあったんですか」

「いいえ、とんでもないことでございます」

「じゃ、行った先に、お内儀さんのお心当りがあるとでも……」

「いえ、そうはおっしゃいません。それに、手前がどう考えても、旦那様の行った先の心当りなんぞございませんので……」

主人は物固い性格だと忠助はいい切った。

「それじゃ、たとえば、お内儀さんに内緒で女の人を囲っているとか……どこぞにいいかわした人でもあるとかいうのじゃございますまいね」

「そのようなことがあるわけはございません。そんな人があったら、お内儀さんが黙っておいでなさる筈がありませんので……」

忠助の言葉で、るいは、五兵衛が養子だったことを思い出した。

「なにしろ、御養子に入られてから商売一筋のお方でございまして、つきあいでお出かけなさることも滅多にございませんで、もし、お出かけになっても必ず宵の中にお帰りになりました。それでも、お内儀さんがいい顔をなさいませんので……」

これといって道楽もなく、遊びらしいことにも縁がなかったという五兵衛の生活を、はいくらか気の毒そうに話した。

「そんなだったら、尚更《なおさら》、行方を心配しなければならないじゃありませんか」

もしも、どこかでとんでもないことになっててでも居たらといいかけて、流石に、るいは口をつぐんだ。

忠助の顔色は、いよいよ悪くなっている。

「居なくなるって……どんなふうに……」

気がついて、るいは訊ねた。八丁堀育ちだから、事件の要点を訊いて行くのは、馴れている。

「一昨日の八ツ（午後二時）時分に、深川の紺屋へ行ってくるとおっしゃってお出かけになったきりでございます」

「紺屋へ……いつも、ご主人がお出でになるんですか」

「いえ、大方は手前どもが参ります。ただ、一昨日は、旦那様が、少々、面倒な註文だからとおっしゃいまして……」

「紺屋には本当にいらしたんですか」

「夕方になってもお帰りがございませんので、小僧を迎えにやりますと、むこうでは、旦那様はおみえにならなかったと……」

帳面をみても、難しい註文などというのは、ありはしなかった。

「お供はついていなかったんですか」

「旦那様がいらないとおっしゃいまして……」

「五兵衛さんの御実家は……」

「浅草の京染屋で三右衛門さんとおっしゃるお方がご兄弟で……」

そっちにも無論、問い合せたが、五兵衛は行っていないという。

「他に、これという御親類はないようで……」

つきあいの薄い人だから、友人も知人もない。

「なにしろ、今までに家をおあけなさったのは、富士講で富士山に登拝なさった時ぐらいのものでございますから……」

五兵衛は信仰心が厚く、とりわけ富士信仰に熱心だったという。

「お山へお出でなさったのは御養子においでなさる前に一度とあとに一度だけと承って居ります」

それも、養子の身の気がねからだといいたげな忠助の口ぶりであった。

「ご主人の御様子は如何でした。行方知れずにおなりになる前は……ひどく考え込んでいたとか……おかしいことはありませんでしたか」

るいの問いにも、忠助は首をふった。

「そんなことはございません、むしろ、いつもよりもお元気なくらいで……」

「お出かけの時、大金をお持ちでしたか」

「いえ、お財布の中には、せいぜい一両足らずと存じます」

忠助が「かわせみ」を訪ねて来たのは、

「このまま、お上にお届けもせずに居りまして、万が一、旦那様の身になにかありましてはとり返しがつきません。といって、お内儀さんが、ああおっしゃる以上、お届けも出来かねまして……」

無論、るいの前身を知っていて、力を借りたいと思ったらしい。

「お立場はわかりますが、あたしや嘉助に、どれほどの力があるわけじゃございません。やはり、お上にお届けになったほうがよいと存じますが……」

それとなく知り人に話して、探索してもらう程度のことは出来るが、それでも、家族や奉公人にいろいろ訊ねることになるから、女房に内密というわけには行かない。

「なんとか、お内儀さんに、もう一度、お話し申してみます」

しょんぼりと肩を落して忠助が帰って行くのを帳場まで見送って、居間へ戻ってくると東吾と源三郎が、もう一杯はじめている。

「ずっと、隣のお部屋できいてらしたんですよ」

お膳を運んで来たお吉が、るいにいいつけた。

二

こういうことになると、ひどくまめになる東吾と畝源三郎の常で、中二日ほどして、午下り、ふらりと東吾が「かわせみ」へ顔を出した。

た。

「これから尾張町まで行くんだが、一緒に出かけてみないか」

それとなく津田屋をみに行くのかと、るいはすぐ承知して手早く着がえをして外へ出た。

少し、風はあるが、陽気は悪くなく、少し歩くと汗ばむほどである。

尾張町の呉服店の呼び込みの中を抜けて津田屋の前に来る。

「成程、いい店だな」

歩き過ぎながら眺めて、東吾はそんな呟きを洩らして路地へ入った。

迂回《うかい》して、今度は津田屋の裏へ廻る。

津田屋の店と家族の住む家とは狭い道をへだてて別棟になっていた。

家のほうはひっそりして人の気配もないようである。

そのまま、歩き続けて行くと、左側の角に一膳飯屋があって東吾はさっさとその中へ入って行く。

時分どきでもないのにと思いながら、暖簾をくぐってみると、そこに畝源三郎が待っていた。

主人の仙太郎というのが、お上から手札をもらって御用聞きをして居り、店はもっぱら女房まかせという。

時刻が時刻なので、店に客はいなかった。

御用の話と承知していて、お茶を運んでくると、女房もすぐ奥へひっ込んだ。

「津田屋の主人ですが、やはり、おかしいようですな」

東吾とるいの顔をみて、源三郎がいった。

「仙太郎の聞き込みによると、汐留のほうで、津田屋五兵衛をみた者があるのです」

五兵衛が行方不明になった当日のことで、時刻は八ツ（午後二時）すぎ、汐留から品川へ向って歩いて行く五兵衛と、尾張町へ向う駕籠屋がすれ違っている。

「この近所の駕籠屋で、五兵衛の顔を知っていましたんで、旦那、お送りしましょうかと声をかけると、五兵衛は手をふって足早やに通りすぎていったと申します」

仙太郎が話した。

八ツすぎというと、五兵衛が津田屋を出かけたのが、忠助のいうところによると八ツ前というから、五兵衛はどこへも寄らず、まっすぐに尾張町から汐留を通って品川の方角へ向ったことになる。

「今のところ、それから先に、五兵衛をみた者はございません」

尾張町から遠くなれば、五兵衛の顔を知っている者も激減するわけだから、目撃者を探すのは、ずっと困難になる。

「品川のほうに、五兵衛の行くあてはあるのか。得意先とか、知人とか……」

東吾の問いに仙太郎が答えた。

「そいつも、番頭の話では心当りがなさそうで……」

深川の紺屋へ行くといって出かけた五兵衛が、何故品川へ向いて歩いていたのか、誰も見当がつかない。

「五兵衛の女房は、まだ、お上に届けるなといっているのか」

「いえ、今朝など、あっしがそれとなく顔を出しましたところ、漸《ようや》く、その気になったようで……ただ、お内儀さんは、ひょっとしたら、富士山へ出かけたんじゃねえかといっています」

「富士詣《もうで》か」

「それにしちゃあ一人というのが合点が行きません。富士講へ問い合せたんですが、今のところ講中で富士へ出かけた組はなさそうで、一人で登拝ということもありますが、五兵衛は金を持っていませんし、旅仕度もなしで、品川へ向って行ったのがどうも変で……」

「旅仕度は品川で調えて行ったということもあるだろう」

「へえ、早速、講中に頼んで、むこうを調べてもらうように手配はしましたが……」

富士講の泊る宿は、宿場ごとにきまっているし、登拝のための潔斎をする宿所もある。

「まあ、たしかに、養子をもらって、店をまかせる段取りもついた。商売もうまい具合にいっているし、五兵衛が養子に来てから津田屋の財産は倍になったとの世間の噂だ」

いわば、働きづめに働いて来た男が、一安心して、富士登山を思い立つというのもわからないではないが、と源三郎はいった。

「講中に相談なしに発つというのが、不審といえば不審だが……」

金はあらかじめ用意してあったと考えてもよいし、女房に知らせなかったのは、反対されるのを怖れたからとも思える。

「番頭にぐらい、打ちあけて行ってもよいだろう。第一、黙ってとび出せば、人さわがせになるのがわかっている。帰ってくる時、帰りにくいとは考えなかったのか」

「信者というのは、時々、狂気のようなことをやってのけますからね」

源三郎は、五兵衛の女房のおあつの推定を認めるような口調であった。

「女房の様子はどうなんだ。亭主が失踪《しっそう》したかも知れないのに、いやに落ちつき払っているようだな」

東吾がいうと、仙太郎が慌てて手を振った。

「そんなことはありません。世間へ洩れて不面目になることは心配しているようですが、昨日あたりから、あっちこっちの占い師に行方をみてもらったり、そりゃもう大変なさわぎになって居りますんで……」

「子供がないそうだが、夫婦仲はよかったのか」

「悪いとはきいて居りません。なにしろ、五兵衛さんという旦那は、大層、気の優しい人でして……」

そこへ仙太郎の女房が焼団子を運んで来た。熱い番茶をみんなの茶碗に注いで廻る。

「あそこの家の夫婦仲のことなら、女房のほうが知ってます。なにせ、始終、手伝いに行っていますんで……」

ちょいとした法事や節季などには、頼まれて手助けに行くという。

「お内儀さんは家つき娘で、甘やかされて育ったお人だから、我儘ですよ、なんでも自分の気に入ったようにしたい人だし、ご亭主に遠慮や気がねはするものじゃないと思ってなさいますからね」

そうはいっても、別に役者に入れあげたり、男狂いをするような女ではなく、どちらかといえば、これといって趣味もなく、一日ぼんやりと猫を膝に乗せて過してしまうような女だという。

「手伝いに行っていてみたことですが、お内儀さんは魚が大好きで、必ずお膳につけるんですが、旦那のほうには奉公人と同じお菜で、そのかわり、お内儀さんが好きなだけ食べちまったのを、お箸の先で皿ごと、旦那のほうへ押しやって、それを又、旦那がきれいにあがるんですよ、そういうのは仲がよいっていうのかどうか……」

そんな話をきいて焼団子を食って、東吾は腰を上げた。気がついて、るいは一分銀を紙にくるんで、台のすみにおいた。

「こりゃあ申しわけございません」

仙太郎が頭を下げた時には、もう、みんな店の外に出ている。

路地に立って、津田屋のほうをみると、たまたま、玄関の前に駕籠が停ったところで、なかから女が下り立った。

ひどく疲れた腰つきで、女中と小僧に助けられて家に入って行く。

「あれが、お内儀さんで……」

仙太郎が教えた。

女にしては背の高いほうで、肥《ふと》ってはいないが肩の張った体つきに色気がない。

「旦那と同い年の四十二ですが、下手をすると年上の女房にみえますんで……」

「五兵衛は四十二か」

ちょっと東吾は驚いた。

養子をもらって家のあとをゆずるというから、五十をすぎているとばかり思っていた。

「四十二っていうと、男の人の厄年ですね」

そっとるいが呟いて眉をひそめた。

空駕籠をかついで路地を戻ってくる二人の駕籠舁《か》きの足どりが重たげである。

「だいぶ、遠くまで行ったようだな」

東吾がいい、仙太郎が心得て、声をかけた。

「津田屋のお内儀さんは、どこへ行きなすったんだね」

十手の威光で駕籠屋は素直だった。

「千駄谷村まで行きなすったんでさあ」

「千駄谷村……?」

「信心で、瑞円寺さんのお詣りだそうで」

駕籠屋の返事は舌足らずだったが、仙太郎が補足した。

千駄谷八幡の別当、瑞円寺の境内にはお富士さんと呼ばれている富士権現が祭ってあって、富士信仰の人々が、よく参詣に行くという。

「津田屋の旦那も月に一度は参詣なすっていたようだから、お内儀さんもそれを思い出して、旦那の無事を祈りにお出でなすったものじゃありませんか」

路地を抜けて再び、尾張町の表通りへ出た。

相変らず、呉服店の呼び込みが姦《かしま》しい。通りすがりに、東吾がるいの肩を押した。

「ここまで来たんだ、なにか買えよ」

あっけにとられている源三郎を路上に残して、東吾はるいと店へ入った。

「これは、どうも……」

忠助が少しうろたえてとんで来て、るいと東吾を見較べた。

それだけでも、るいは居たたまれないのに、東吾はさっさと上りかまちに腰をかけて、

「春着を買ってやる約束をしたんだ。よさそうなのを並べてくれないか」

照れもせずに、ずうっと店中を見渡した。

三

翌日は一日中、強風が吹きまくって、夕方から雨になった。

花時のしとしと雨が、次の日も降り続いて夜明けに上った。

二日間を狸穴《まみあな》の道場の稽古に費して、三日目、やっと定廻りの日程から抜け出せた畝

源三郎が狸穴までやって来て、二人揃ってそこから千駄谷村へ出かけた。

雨は上ったものの、花曇りで、風がかなり強い。

「こんなふうだと、桜の散るのが早いな」

実際、二人が歩いて行く道の傍の桜はいいように花片《はなびら》を散らして往来を雪のように埋めている。

途中、蕎麦《そば》屋で午飯を食べて、千駄谷八幡に着いた時には、厚ぼったい雲の切れまから薄く陽が射しはじめていた。

境内には富士山をかたどった岩山があって、それを登って行くと山頂と思しきあたりに富士権現の祭祠がある。

これが富士山頂とは、如何にも安直だが、それでも、かなりの高さがあって、そこから見渡すと、あたりの景色が一望の下に眺められた。

寺の前に植木屋がある。

裏庭に藤棚があって、その近くで四、五人の男が立ち話をしていた。

植木屋の背後は畑で、その小道のほうに百姓家があった。幼い女の子がぽつんと立っている。

家がみえるのは、その二つだけで、あとはもっぱら畑と林と、反対側は寺の境内であった。

寺の本堂前に若い男が走って来て住職になにか告げている。

東吾と源三郎は岩山を下りた。住職と若い男がこっちをみた。あたりに見馴れない顔と知って警戒する表情であった。

「なかなか立派な御山でございますな」

源三郎が物馴れた調子で話しかけた。

「これでは、江戸からはるばる参詣に来られるのも当り前のことですなあ」

「お江戸からみえられましたか」

住職が穏やかに訊ねた。

「左様、噂にきいて登拝に参りました」

「それはそれは……」

「尾張町の津田屋五兵衛と申す仁《じん》を御存じですか」

さりげなく源三郎が水をむける。

「こちらへよく信仰のため参っていたようですが」

「尾張町の……どなたで……」

「津田屋五兵衛でござる」

「はて……」

住職は途方に暮れたような眼をした。

「そのようなお方が来られて居りましたかな」

「月に一度は参っていた筈ですが……」

結局、住職は方丈へ行って、参詣者目録のような帳面を持って来た。参拝者の名簿である。

老眼の住職ではじれったくなったらしく、源三郎は帳面をわきからのぞいて丹念に名前と住所を改めている。

そっちを源三郎にまかせておいて、東吾はぽつんと立っている若い男に声をかけた。この近くの百姓らしい。

「なにかあったのか」

男が時々、不安そうに、寺のむこうをみるのに対しての問いである。

「へえ……」

ちょっとためらって、男は東吾達を富士詣の信者と思ったらしく、やや気を許して告げた。

「えらいことで……人が殺されまして……」

「殺された……?」

「へえ」

「土地の者か」

「へえ、武兵衛どんのところの聟で、文治郎といいますだ」

「誰に殺された」

「わからねえだ。井伊様の石橋の下で突き殺されていたそうだが……」

この先に井伊掃部頭《かもんのかみ》の下屋敷があって、その屋敷外に出松と呼ばれる松林がある。更にその手前に小川があって、大きな石橋がかかっているという。

源三郎が帳面を見終えた。

「参詣に参られる者で、ここに記載されない者もあるのではありませんか」

「そのようなことは、まずございますまい、富士講に入れられて居るほどのお方であれば……尚更……」

登拝の度に必ず名を記載するのが、きまりになっているし、数多く登拝することが、信者同士の誇りにもなる。

「お手数をおかけ申しました。手前のほうのきき違いかも知れません」

源三郎が頭を下げた時、老住職が思い出した。

「そう申せば、二、三日前にも日本橋のなにやらいう仁の名を、ここへ訊ねて来られたお方があったそうで……拙僧は他出して居りまして留守の者より、きかされたおぼえがござる」

「そのお留守の方にお会わせ願えますか」

「お安いこと……」

呼ばれて出てきたのは、少し頭の足りないような飯炊き女で、お供を連れた女が江戸から来て、なんとやらいう呉服屋の主人が、お富士さんへお詣りに来ていた筈だといって名簿をみて行ったというだけをきき出すのに、相当のひまがかかった。

住職に礼をいい、いくらかのお布施をおいて、寺を出た。

「津田屋の女房は、五兵衛の名がなかったことをどう思ったでしょうかね」

歩きながら、源三郎がいった。

「名はなかったのか」

「ありません」

すると、月に一度、五兵衛が信仰のため参詣を欠かさなかったというお富士さんは、どこなのであろうか。

「千駄谷八幡の瑞円寺と、女房も、番頭もきかされていたようですな」

植木屋の前に人だかりがしていた。

戸板にのせられた死体が、むしろをかぶせて運ばれて来たところである。土地の代官所のお手先らしいのがついて来ている。

「殺された文治郎とか申す者でしょうか」

八丁堀の早耳で、源三郎は名簿を調べながら、ちゃんと東吾の話をきいていたようである。

その辺に立って、人々の話をきいていると、殺された文治郎というのは、植木屋の武兵衛の娘おこまというのの聟で、長いこと、浅草のほうで働いていたらしい。

夫婦の間には、お梅という三つになる子もいて、家は植木屋のすぐ後の百姓家であった。

東吾達がお富士さんの山頂からみた農家である。

さっき、ぽつんと立っていた女の子が、そのお梅らしい。

石橋の下で、発見が遅れたが、文治郎が殺されたのは、昨夜のことらしい。

「胸んところを、ひとえぐりで。ひでえことをしたもんだ」

そんな話を耳におさめて、東吾と源三郎はその場を立ち去った。

穏やかで、平和そうな村にも、時としてむごたらしい殺人事件が起る。

畑の中の小道をしばらく行くと、井伊家の下屋敷らしいのがみえて来た。

こうした大名の下屋敷で江戸の郊外にあるものは、その敷地の中に、大名が百姓の仕事をみるためという理由で何軒もの百姓家があって、農事を行っているのが多く、例えば、この内藤町にある内藤大和守の下屋敷などは八万坪もあって、農家が十四、五軒もあったことが記録にみえている。

井伊家の下屋敷は、それほどの広さではないが、それでも大きな林に囲まれて、まわりの土塀はどこまで続くかわからない。

小川が、まるで堀のような恰好で、その前を横切り、成程、石橋がある。

「この下に、死体があったわけか」

石橋の手前に柳の木があった。

その根元に血だまりの痕《あと》がある。

黒い血痕《けっこん》はそこから小川のふちへずるずると人をひきずったような跡を残して、石橋のところで切れていた。

「柳の木の下で殺して、死体をひきずって川へ投げ込んだのかな」

このあたりは、奉行所と代官所の支配が重なっていて、地元で起った事件には、まず町奉行所は口をはさまない慣例になっている。

それでも殺しときくと職業意識が働いて、源三郎は丹念に現場を眺め、東吾は小川のふちで陽を浴びながら待っていた。

もっとも、源三郎にしても下手人を探索するのは支配違いと心得ている。

「怨恨《えんこん》か……口論の果てか……ま、そんなものでしょうな」

下手人が挙がるのも、そう難しいことではあるまいと話しながら、やがて内藤新宿へ出る。

元禄十一（一六九八）年四月に江戸の四宿の一つとして新宿、つまり新しい宿場が誕生した後、一度、享保三（一七一八）年に費用倒れで潰《つぶ》れたものの、その後、安永元（一七七二）年二月に宿場が再開されて、急に内藤新宿は繁昌するようになった。

いわゆる宿場女郎は、元禄の時からお許しがあったのだが、安永からは続々と大きな娼家《しょうか》が並び、近頃では吉原にくらべても遜色《そんしょく》のないといわれるほどの新宿の全盛であった。

引手茶屋のあるのも、四宿の中では品川と新宿だけで、宿場だから娼家といわず、旅《はた》籠《ご》屋。遊女は飯盛と呼称は野暮ながら、娼家はおよそ五十軒、引手茶屋は二十軒という賑やかさであった。

「どうも、とんだところへ来ましたな」

大木戸から大宗寺までを下宿《しもじゅく》、大宗寺から追分までを中宿《なかじゅく》、追分から宿外までを上宿《うわじゅく》という内藤新宿の繁昌をざっとのぞいて、源三郎が苦笑した。

が、どちらも、ここで泊るつもりはない。

すでに夜になっていた。

大木戸近くの店で一杯飲んで飯にして、帰りは駕籠にしようということで、大木戸の高砂屋から八丁堀まで、およそ二里の道を、ここの駕籠舁きは杖《つえ》を立てず、肩も替えずに一息に走り通すのが自慢であった。

江戸市中の駕籠屋とは、まるで早さが違う。

そのかわり、下手な客は、下りた時に腰が立たなくなっているといわれるくらいのものであった。八丁堀の手前で、東吾と源三郎が駕籠から下りると、大男の駕籠舁きがいった。

「驚きやしたぜ、旦那方のような見事な乗りっぷりに出くわしたのは、はじめてだ」

四

千駄谷まで出かけて行ったのに、津田屋五兵衛の行方はまるっきり、わからずじまいであった。

その中に、富士講の地元からの照会も戻って来て、五兵衛が富士登拝にも行っていないのが明らかになった。

こうなると、まるっきり手がかりはない。

「おかしいじゃありませんか。大の男が、いきなり消えちまうなんて……」

「かわせみ」では、るいが躍起《やっき》になっていた。東吾に買ってもらった春着を自分で一針一針、仕立てながら、眼の前に寝そべっている東吾をいい話相手にしている。

「どこかに、好きな人でも居たんじゃありませんかね」

いい出したのは、お吉で、東吾が手酌で飲んでいる酒のかわりを運んで来て、つい、るいの話の片棒をかつぐ。

「そういっちゃなんですけどね、津田屋のお内儀さんってのは、女がみたって色気はないし、おまけに強情で、旦那を旦那とも思わないような人だっていうから、旦那だっていい加減、愛想が尽きたんじゃありませんかね。第一、旦那を縛りすぎますよ。男のつきあいにも出さないし、信心の神詣まで、月一回ってきめてたっていうんでしょう。朝から晩まで店に縛りつけられて夜は可愛くもない女房と鼻つき合せて暮していたら、外にいい人の一人や二人、作りたくもなりますよ」

お吉は馬鹿に、男の気持がわかったようないい方をする。

「でも、お内儀さんの眼をごま化して、女の人をつくれるかしら」

るいが首をかしげる。たまさかの男のつき合いさえ、宵の中に帰ったという五兵衛であった。

「ですから、それが月一度のお富士さんですよ」

信心のおまいりと称して女の家へ行っていたに違いないとお吉はいった。

「その証拠に、千駄谷のお富士さんに、五兵衛さんは参詣してなかったんでしょう」

「してなかったのかどうか、名前の記載がなかっただけだ」

と、東吾。

「おまいりしてたら、名前をかかないわけはありませんよ」

お吉はがんばって、

「今頃、どこかで、気のやさしい女の人と、ひっそり所帯でも持っているんじゃありませんか」

五兵衛のためには、そっとしておいてやったほうがいいといわんばかりの口ぶりである。

「お内儀さんや、お店の奉公人の気持としたら、そうも行かないでしょうよ」

お吉がいうようなことになっているのなら、五兵衛は男として卑怯《ひきょう》だというのが、るいの意見で、

「別れたいなら別れると、きちんと手続きをふんで納得ずくで出て行ったらいいじゃありませんか、人さわがせな……」

それに、もし、五兵衛がどこかで殺されてでもいたら、とそっちの不安も消えていな

い。

「若先生はどうなんですか、五兵衛さんが生きてどこかで暮しているか、それとも、殺されているか……」

お吉に訊かれて、東吾は盃を口に運んだ。

「殺されりゃ死体が出るだろう」

津田屋からは五兵衛の失踪届けが出ているし、変死人や身許の知れない行き倒れなどは必ず、津田屋へ照会が行くようになっている。

「死体が、どこかにかくされているとか……」

川の中へ沈められたり、土を掘って埋められたり、とるいは眉をひそめながらいう。

「誰が五兵衛さんを殺すんですか、五兵衛さんに怨みのある人なんか居るんでしょうか」

実直で大人しい人柄だったという。

「それに、五兵衛さんは自分から店を出て行ったんですよ。誰かに誘い出されて殺されたにしてはおかしいじゃありませんか……」

行きずりに殺されたのなら、死体をかくすわけがなかった。

お吉にまくし立てられて、るいは黙ってしまった。針を動かしているるいを眺めていて、東吾は、何気なくきいた。

「その後、津田屋の女房はどうしている……」

「寝込んでいるそうですよ」

亭主の安否を訊ねて、千駄谷八幡へ出かけてから、

「普段、外出しない人が長いこと駕籠に揺られていったんで、腰をいためたとかで、ずっと寝込んで、按摩《あんま》の厄介になったり、骨接ぎの先生の手当を受けたりしてなさるそうですけれど……」

東吾は、いつか津田屋の家の入口で駕籠から下りた女房の姿を思い出していた。如何にも、つらそうに女中に助けられて、家の中へ入って行った。

「津田屋の女房は、こっちから駕籠に乗って行ったんだろう」

「そうですよ。行きも帰りも、近所の吉田屋の駕籠で駕籠舁きの源さんが苦情をいってるそうです。気をつけて、静かに行ったのに、腰を痛めるようなかつぎ方なんぞしたおぼえはないって……」

「そりゃそうだろう。大木戸の高砂屋の駕籠に乗ったんなら、話は別だが……」

いいかけて、東吾はふと盃をみつめた。暫く、考えていて、急に立ち上った。

「出かけてくる」

太刀を片手にとび出して行く東吾を、るいはいささか怨めしそうに見送った。

尾張町へ出て、東吾はまずお手先の仙太郎を誘った。調べて廻ったのは、駕籠屋と按摩と骨接ぎである。

「ええ、あの日は朝に尾張町を出て千駄谷へ行って、帰りました。走るってほど走りゃ

しません。お大名の駕籠でもかつぐような按配《あんばい》でそろそろ行ったんですから、腰を痛めるわけはねえんで……へえ、行った先は千駄谷八幡のお富士さんで……境内に一刻余りもいましたか。それから大木戸へ出て飯をくって、又、そろそろと尾張町まで帰って来たんです」

駕籠屋のいうのと、供について行った文吉のいうのは、ほぼ同じであった。

「お内儀さんはお富士さんにおまいりをして、長いこと山の上にいました。寺の帳面をみせてもらったのはその前です……帰りは大木戸のところで飯をくって、お内儀さんは飯のあとで頭が痛いとおっしゃって、外で少し風に吹かれて来るといってお出かけになりました。ほんの小半刻です。それからはまっすぐに帰って来ましたんで……」

それが、ちょうど東吾とるいが尾張町へ出かけて行った今月の六日のことで、按摩の秀市が津田屋へ呼ばれて行ったのは、三日後の九日の午後で、

「千駄谷へお出かけになって以後、腰がお痛みなのを、素人考えであたためたり、冷やしたりして、かえって、こじらしてしまったんでございましょう。どこをさわっても痛い痛いとおっしゃるので……」

治療にはだいぶ手を焼いているらしい。

骨接ぎの医者は、

「骨はどうともなって居らんが、腰を強く打ったのが熱を持って痛むのだから、まあ年も年だて、回復は遅れるな」

と、そっけない。こちらも、津田屋へ呼ばれて、治療をしたのは十日のことで、

「按摩に揉ませて治るわけがない。かえって熱を増すばかりだ」

秀市と一緒にされたのを不快がっているようであった。

それから東吾は、仙太郎を使って、津田屋の番頭の忠助を呼び出した。

「ここだけの話だ、正直に打ちあけてくれ。そうでないと、五兵衛の行方がわからなくなる……」

津田屋の帳面に不審はないかと東吾に訊ねられて、忠助はまっ蒼になった。

「帳面と金が合わないのではないか」

「どうして、それを……手前とお内儀さんしか知らないことでございます」

「いくら、不足していた」

「五百両でございます」

「五兵衛が持ち出したのだな」

「それより他に、見当がつきません」

「お内儀には、いつ、わかった……」

「旦那様がお帰りにならなくなって三日目でございます。帳合せをして居まして、手前が気づき、お内儀さんに相談致しました」

「すまないが、俺達と一緒に来てくれないか」

忠助を駕籠にのせ、東吾と仙太郎は千駄谷へ向った。

行った先は、植木屋武兵衛の家で、お上の御用の筋だといい、おこまの亭主で、八日の夜殺された文治郎のことを訊ねた。

おこまと文治郎が知り合ったのは、そう古いことではなく、五年ほど前、文治郎が千駄谷八幡のお富士さんに参詣に来て、草鞋《わらじ》を切らして武兵衛のところへ立ち寄ったのがきっかけだったという。

「ちょうど娘も居りまして、草鞋代を余分に頂いたことから、あり合せの団子などを出したりしまして……それがご縁で月に一度の参詣の時は、必ず寄るようになりまして」

いつの間にか、夫婦約束が出来た。

「浅草のほうの呉服屋で働いているとききました。実直ないい人で……娘のほうも一度、不縁になって戻って来て居りまして、文治郎さんもおかみさんに死なれたそうで……」

三年前に、おこまがみごもったのをきっかけに、形ばかりだが夫婦の盃事もして、所帯を持った。

「文治郎さんの年季があと三年ということで、それが終ったらまとまった金が入るので新宿の女郎衆相手のかつぎ呉服でもして、親子三人暮せるとたのしみにして居りました」

その文治郎が、つい、今月はじめにやっと約束通り、帰って来て、さあこれからはという矢先に殺されてしまったのだ。

「下手人は、いまだにあがりません。なんで殺されたのやら……」

泣いている武兵衛に案内されて、裏の家へ行った。

仏壇に線香が上っていて、大人しそうな女が、幼児を遊ばせながら藁《わら》打ちをしている。

それが、おこまで年は三十二ということであった。

「文治郎さんは月に一度は必ずおひまをもらって子供の顔をみに来てくれました。年季奉公が終って、帰って来てくれたばっかりなのに……」

八日の夜は雨が降っていて、おこまはお梅を寝かしつけたまま、自分もねむってしまっていた。

「戸の音がしたように思って、眼をさまして土間へ行ってみると、文治郎さんがいませんでした。お父つぁんのところへでも行ったのかと思って待っていたんですけれど、それっきり帰って来なくて……」

夜があけてから、あっちこっちみて廻ったが、姿がない。

午後になって井伊様の石橋の下に人が沈んでいると知らせる者があって、行ってみると、それが変り果てた文治郎であった。

「思い出させるようですまないが、文治郎が奉公を終えて帰って来た時の着物や持物をみせてもらえないか」

東吾がいって、おこまが奥からそれらを出して来た。唐桟《とうざん》の着物に煙草《たばこ》入れ、財布。

ひとめみて、忠助が叫び出した。

「旦那様のものでございます。うちの旦那に違いありません」

おこまや武兵衛の話の文治郎の人相は、津田屋五兵衛にぴったりであった。

五兵衛の死体は、墓の中で腐りかけていたが、死にもの狂いで対面した忠助が、顔面蒼白になって脂汗を流しながら、

「旦那様でございます……」

と証言した。

津田屋五兵衛殺しの下手人として、翌日、女房のおあつが番屋に連行され、源三郎の取調べで遂に口を割った。

その時には、津田屋の縁の下から、おあつが変装に使った男物の着物や合羽が発見され、大木戸の高砂屋の駕籠舁きが、八日の夜半、大木戸から日本橋まで、頬かむりをした男を乗せて走ったことを申し立てていた。

「おあつは亭主が失踪してから、五兵衛に女がいたのではないかと疑ったんだ。お吉がいつかいってたのと同じ考え方で、千駄谷八幡のお富士さん詣があやしいと気がついた」

千駄谷まで行ってお富士さんへ上って四方を眺めている中に、たまたま、武兵衛の家から、子供の手をひいて帰って行く五兵衛、つまり文治郎をみつけた。

「おあつが並みの女なら、そこで亭主にすがりついて泣きわめくかしただろう。あの女の怖いところは、そうしないで、亭主を殺すことを考えたんだ」

大木戸で腹ごしらえをした時に、そこに駕籠屋があるのを見た。

八日の夜、早く寝たとみせて庭から抜け出したおあつは男装をして辻駕籠を拾い、千駄谷の近くまで行って乗り捨て、おこまの家へ訪ねて行って五兵衛を誘い出した。

「五兵衛は思いがけない女房をみて、びっくりしたんだろう。おこまに気づかせまいと、慌てて外へ出て、話をつけるつもりで井伊様の石橋のほうまで行った。雨はもう上りかけていた時分だったろう。そこで、おあつは持って来た鎧通《よろい》しで、亭主を柳の木の下へ押しつけるように抱きついて刺したんだ。五兵衛のほうはよもや、女房に殺されるとは思っていないから無用心だ。おあつは背が高く、骨ばった体つきだから、案外、力が強い。亭主はひとたまりもなかったろうな」

暗い中で、おあつは五兵衛を川の中へ投げ落した。

「深い川だと思ったんだ。土地不案内の悲しさだろうが、それでも、流れの具合で、石橋の下になって、死体は翌日の午後までみつからなかった。おあつはその足で大木戸へ行って駕籠に乗ったが、こいつが並みの駕籠じゃない」

肩も替えずに二里をぶっとばすのだから、おあつは翌日から腰も立たなくなってしまった。

「源さんと新宿まで行って、大木戸の駕籠に乗ったからわかったんだ。おあつが腰を痛めて寝ているときいた時、ひょっとすると、と思いついたのさ」

「内藤新宿へいらっしゃったんですか」

るいがちょっと悪戯《いたずら》っぽい眼をした。

「あそこ、吉原よりきれいな人がいるそうですね。江戸からも、随分、遊びに行くお方が多いとか……」

「あいにくと、俺は、飯盛女は好かないんだ」

「野暮な殿方が二人もそろって……」

なんとなくるいは東吾に寄り添った。

「野暮は源さんだよ。あいつ、独り者のくせに変ってると思わないか」

「ああいう方が、女に狂うと怖いんですって」

「或る日、文治郎と名乗って、千駄谷村に住んだりしてな」

笑いながら、東吾は一人の男の一生を考えていた。

三十七歳から名を変え、過去を断ち切って新しい人生を歩き出そうというのは、気の弱い男の、女房から逃げ出すせい一杯の知恵なのであったろうか。

「それにしても、亭主を殺す女ってのは、鬼だな」

嫉妬《しっと》とはいえ、残された三歳の幼子のことは、まるで考えてもみなかったのかと、東吾は人間の無分別に暗澹《あんたん》となった。

「女は誰でも鬼になるんですって。だって鬼女っていいますけれど、鬼男っていいませんでしょう」

るいがあでやかに笑って、夜は馬鹿になまあたたかく更けて行った。

ぼてふり安《やす》

一

どこから風が運んで来た花片なのか、「かわせみ」の庭に時折、白い桜が舞い下りてくる午下りに、東吾は珍しく宿酔《ふつかよい》で、るいの居間の縁側から、大川を眺めていた。

昨夜は久しぶりに練兵館時代の昔の仲間が集まって、その中の一人が近く大坂へ発つのを口実に、深川へ繰り出してひとさわぎしたのがたたって、更けてから畝源三郎に送られて「かわせみ」へたどりついて以来、今朝、眼がさめるまで、なにもおぼえていない。

「皆さまは深川へお泊りなすったのに、あなたがどうしても大川端へ帰るとおっしゃったので、お送りしましたと畝様が抱えるようにして来て下さいましたのですよ」

と、今朝になって、るいが嬉しそうに東吾に告げた。

そういわれてみると、深川で遣《や》り手に、

「俺は敵娼《あいかた》は要らないんだ」

と、どなったような気がする。

「野暮をやったものだな」

照れくさいから、東吾は、るいに背をむけて、川風に眉をしかめて梅干の入った番茶ばかり飲んでいた。

台所のほうから、お吉の大声が聞えて来たのは、そんな時で、

「冗談じゃありませんよ。安さん、それが本当なら、あんた、親じゃない、人でなしだよ。歿ったおかみさんに申しわけがたつと思ってるんですか」

あたりがひっそりしている中で、障子をびりびりふるわせるような調子である。

るいが中腰になり、慌てて立って行き、やがて、お吉が前掛で手を拭《ふ》きながらやって来た。

「どうも、すみません。お休み中なのに、大きな声を出しちまって……」

申しわけなさそうに手を突いたくせに、

「ねえ、若先生、なんとかならないもんでしょうか」

敷居ぎわから体を乗り出すようにする。

「親が我が子を女郎に売るっていうんです」

「ほう……」

「手前が作った子だから、なにをしようと親の勝手だって、いばってるんです。むかしから、親のために身売りする親孝行な子は、ごまんといるって、おいちゃんにもいってきかせたっていうんですけどね、そんな、かわいそうなことってありますか」

又、始まったと思いながら、気分がうっとうしい時には、お吉の話に調子を合せているのが一番具合がいいと心得ていて、東吾は柱によりかかったまま、部屋のほうをふりむいた。

「そりゃまあ、貧に困って、子供を売る親の話は珍しかないが……」

「食べて行けないからじゃなくて、女郎を女房にするためなんですよ」

「なに……」

「深川の女郎にこって、娘とその女をとっかえるっていうんです」

「どこのどいつだ、そんな気のきいたことを考えやがったのは……」

東吾も負けずに大声になった。

「ぼてふりの安吉ですよ」

魚安という、この近所に住んでいる棒手《ぼて》振りで、よく「かわせみ」にも魚を売りに来る。

「おかみさんが三年前に歿って、娘のおいちって子と二人暮しなんです。お酒もあんまり飲まないし、賭け事もしない、固い一方の人だったのに、なんの因果か、深川のろくでもない女にひっかかっちゃって……」

どうしても、その女をひかして家へ入れたいが、棒手振りの魚屋に、女郎を自由にするほどの金があろう筈もなく、それなら、娘とひきかえに、その女を請《う》け出そうと、女郎屋へかけ合っているという。

「女郎屋のほうは、願ったりかなったりじゃありませんか。おいちって娘は、まだ若くて、そりゃあ可愛い顔をしているし、気だてのいい子なんです」

どうせ、棒手振り風情が馴染みになる女郎なら、たいした女のわけはないし、柿の種と握り飯をとりかえるようなものだと、お吉は躍起になっている。

「なんとか、畝様から叱言《こごと》をいって頂けないものでしょうか」

「そいつは、ちょっと無理だろうな」

夫のために身売りする女が節婦、親のために苦界に落ちる子を孝子という思想が行き渡っている時代である。

女郎を身請けするのに、娘を売り払うというのは無法には違いないが、お上のおとがめを受ける筋合ではなかった。

「駄目でしょうか」

「いくら、八丁堀の旦那でも、他人の家の中の内緒事にまで、口は出せないぜ」

それくらいのことは、落ちついて考えてみれば、お吉にも納得が行くので、入って来た時の威勢のよさはどこへやらで、お吉はすごすごと出て行った。

「どうも、深川が祟《たた》るなあ」

るいにはあっさり笑い捨てたものの、夕方、八丁堀へ帰ると、東吾は早速、畝源三郎の屋敷を訪ねた。

ちょうど町廻りから帰って来た源三郎は、まだ着がえもしないで、東吾を迎えた。

「宿酔はどうですか」

ちょっと心配そうな顔をして、笑っている。

「源さんがつまらないことを、ばらすから、るいの奴がつけ上って困るんだ」

「深川へ泊らないとおっしゃったことですか」

「棒手振りの魚安がなじんでいる女郎を調べるには、どこへ行ったらわかるかな」

「又、なにか、かわせみへいって来たようですな」

東吾の話がどんなに飛躍しても、源三郎は驚かない。

「源さん、一風呂浴びないか」

一日中、汗と埃《ほこり》にまみれて来た友人を思いやって、東吾は八丁堀の湯屋へ誘った。

風呂の中で、大体の話をすませると、源三郎が合点した。

「そういう話なら、おそらく、深川の長助が知っているでしょう」

深川で蕎麦屋をしながら、お上の御用聞きをつとめている男である。

「陽気もいいことですし、ちょっと出かけてみますか」

そういうところは、まめで、気のいい八丁堀の旦那であった。

湯屋から一度、それぞれの屋敷へ帰って、着がえをし、

「源さんと夜桜をみに行って来ます」

奉行所から退出して来た兄の通之進にことわって、そそくさと屋敷を出た。

ちょうど、小ざっぱりした顔で、源三郎がこっちへ向ってくるところである。

永代橋を渡って、深川まではほんの一足で、

「向島の桜も、もう終りだな」

大川をみて、東吾が呟いた。

今年は花時に雨が多く、風も吹いて、花見らしい日は、ほんの二日か三日で、その日に一せいに繰り出した花見客は、向島で大層な人出となり、花をみに来たのか、人をみに来たのかという雑踏で、喧嘩は起る、怪我人は出る、迷子に掏摸《すり》に、警固の町方がひどく手を焼いたときいている。

「世の中、あまりいいことがありませんから、せめて、花見に気散じをしようということでしょうが……」

もともと、江戸の花見は上野山内、飛鳥山《あすか》が有名だったが、上野は場所柄、山同心がうるさくて、唄うのはいいが三味線、鳴物は禁じられていたし、おまけに暮六ツ（午後六時）をすぎると山内から追い出されるところから、次第に敬遠され、かわりに本所隅田堤、即ち、向島辺りが盛んになって来た。

ここは、舟からの夜桜見物もよし、更《ふ》ければ、その足で吉原へ繰り込むのにも便利とあって、年々、人気が上り、向島の花見に出かけなければ江戸っ子ではないようにいう

者さえ、出てくる始末であった。

大町人はきそって、向島に寮を作り、出入りの大名家の侍や、時には大奥からもひそかな花見客が招かれて、公けには出来ないだけに、町方の気苦労も、又、ひとしおであった。

「どっちにしても、我々は花には無縁のようですな」

深川の長助の店は、活気づいていた。

夕方のひとしきり、忙しい時期がやっと落ちついたというところで、長助がすぐ二階へ案内し、種物で一杯つけて来る。

「娘と引きかえに、女郎を身請けしようって不届きな奴がいるそうだな」

源三郎が水をむけると、長助がすぐ乗って来た。

「棒手振り安のことでございますか」

流石に深川でも噂になっているとみえる。

「悪い女にひっかかりました。お柳といって、この土地でも札つきでして……」

吉三という紐がついている。

「女で食っている奴でございます。まあ、みたところ、色男でもありませんし……どうして、あんな男に、女がいいなりになるのか、手前のような年寄りにはわかりませんが……」

年寄りというほどでもない長助は、そんなふうにいって、ぼんのくぼを掻いている。

「お柳というのは、どうなんだ。物固い棒手振りが女房にしたがるような奴なのか」

「物固い安吉だから、ひっかかったんでございますよ。遊び馴れた男なら避けて通る代物で……」

それだけ聞けば、東吾も源三郎も、およそ女の見当がつく。

女郎屋のほうからいえば、問題のあるお柳より、手つかずのおいちのほうが有難いにきまっているが、娘を売って、女郎を身請けというのは、世間の評判もどうかと、ためらいがないわけではない。

「それでも、娘がその気になって、苦界に沈もうということにでもなれば、是非がございませんし……」

おいちというのは、おとなしい娘だし、心細いようなところがあるので、父親が責め立てれば逆らい切れないだろうと、長助はいった。

「まあ、大方の申すことには、お柳は仮に身請けされても、安吉の女房におさまって苦労を共にする気はなく、時期をみて、吉三としめし合せて、家出でもするに違いなかろうと、そういうことを安吉にもよくよく話して意見をしているようですが……」

肝腎の安吉が、すっかり女の口車に乗って、吉三の手からお柳を救うために、身請けするのだと、信じ込んでしまっている。

「惚れたが因果で、なんとも手のつけようがございません」

そんな話をきいて、東吾と源三郎は顔を見合せた。

「七ツ下り（午後四時すぎ）の雨と、中年すぎの浮気はやまないというからなあ」

なまじっか、若い時に馬鹿をしなかった男だけに、女に狂ったとなると始末に負えないのかも知れなかった。

「娘が不愍《ふびん》だが……」

深川からの帰りがけに、安吉の店の前を通ってみたが、安吉もおいちもいるのかどうか、家の中はしんと静まりかえっている。

「まあ、それとなく様子をみるより仕方がありませんな」

困った顔で源三郎がいい、東吾もうなずくより仕方がなかった。

なんといっても、他人の家の事情なのである。

翌日から、東吾は狸穴へ稽古に出かけた。

そして、花見気分を吹きとばすように江戸の町に辻斬りが出た。

二

最初の被害者は、日本橋本石町に住む町医者で、患家からの帰り道、自宅からさして遠くない橋の袂で、左肩から袈裟《けさ》がけに斬られて死んでいるのを、夜廻りの若い衆がみつけて、番屋へかつぎ込んだ。

家人がかけつけ、患家に問い合せたりしてみると、その夜、患家から受け取った薬礼を含めて、およそ十両余りの金が入っていたと思われる財布が奪われていて、物盗りの仕業という線が濃くなった。

続いて、翌晩、夜桜見物の客の姿もなくなった向島の堤で、蔵前の札差、吉井屋の番頭、伊三郎というのが、やはり肩先から一太刀で斬殺され、吉井屋の寮へ届けるために所持していた百両の金を奪われた。

その二件を皮切りに、辻斬りは毎夜、とんでもない場所に出没した。

上野から浅草あたりで、商家の主人が襲われるかと思うと、四谷で妾のところへ通っていた住職がやられ、一夜おいて、赤坂で金貸しの按摩が襲われる。

どれも手口は同じだし、所持金は一文も残らず、盗まれていた。

町方は血まなこになって走り廻り、町々は夜警を繰り出すなどしたが、辻斬りはまるで、裏をかくように、手配の薄い場所をえらんで犯行を重ねていた。

葉桜になった江戸は、陽気もよく、夜歩きに都合のよい季節であったが、辻斬りの噂が広まるにつれて、夜は、ぱったりと人出がなくなった。

「今のところ、同一人の犯行と思われます。かなり腕のたつ侍で、まず浪人かと……」

狸穴から帰って来た東吾に、早速、源三郎が報告したのは、この頃の陽気にしても、馬鹿になまあたたかい雨もよいの夜であった。

「めあては金か……」

それだけなら、おどし奪《と》るだけで斬る必要はないだろうが、

「相手に面体《めんてい》をみられて、そこから足がつくのを怖れているのかも知れません」

「たった一人で、諸所に出没するのか」

「手口が同じですし、切り口からも別人の犯行とは思われません」

ただ、袈裟がけに斬るといっても、それぞれに癖があり、傷の深さ、太刀の振い方などで同一人かどうかは或る程度、見分けがつく。

「殺人鬼だな」

金に困ってのことなら、二度目の時に吉井屋の番頭から百両もの大金を奪っている。そのあとは、多くて十両たらず、少ないものは一両そこそこで、僅かの金のために殺《さつ》戮《りく》を重ねているのが、東吾にはどうも解《げ》せない。

「陽気が陽気ですから、少々、常軌を逸した奴が出て来てもおかしくはありませんが……」

狸穴から帰って来た足で、東吾は、源三郎の町廻りにつき合った。

今にも降り出しそうな夜だし、それでなくとも辻斬りの噂におびえて、どこの町の辻もひっそりしている。

「江戸の町の人間は、これだけ噂が大きくなっていると、滅多に夜歩きもしなくなるだろうし、まして大金を持って出かける奴もない。となると、ねらわれるのは、旅人かも知れないな」

歩きながら、ふと東吾がいった。

地方から江戸へ商用などで出てくる旅の者は、金も持っているし、なにかで江戸へ着くのが夜になる者がないとは限らない。

「宿場附近の夜廻りを固めたほうがいいかも知れない」

旅人が江戸へ入ってくるのは、東海道なら品川宿から、中仙道が板橋宿で、甲州街道が新宿、日光街道が千住となっている。

「今夜は間に合いませんが、早速、明日から手配を考えましょう」

そんな話をしながら、日本橋から内神田へ出て、堀端を廻って、夜が明けてから、八丁堀へ帰ってくると、神林家の前に、「かわせみ」の嘉助が立っていた。

「畝様と夜廻りにお出かけとうかがいましたので……」

「かわせみ」に泊っていた近江の絹商人で、近江屋五平というのが、昨日、江戸での商用を終って旅立った。

といっても、昨日の午後に「かわせみ」を出たのは、もう一人の仲間と品川宿で夕方、待ち合せ、翌朝、品川を発つ約束だったからである。

「ところが、そのお仲間の方が、待ち合せの場所を間違えて、手前どもへお越しなさいました」

昨夜のことで、五平はすでに品川に着いている時刻である。

で、慌てて、使を頼んで、品川の宿に泊っている筈の五平のところへ、翌朝、早発ちで追いつくからと知らせてやったのだが、その使が帰って来ての話では、五平が、品川の宿へ着いていないというのであった。

「宿を間違えたんじゃないのか」

品川には旅人宿の他に、いわゆる宿場女郎を抱えた娼家がある。気のきいた旅人なら、そっちに宿をとることも考えられた。

「いえ、間違いではございませんので……。品川の布袋屋《ほてい》がお二人の定宿になって居りますそうで……」

「かわせみ」へ行ってみると、帳場の奥の部屋に、るいとお吉が、一人の老人の相手をしている。

「こちらが、五平さんのお連れの方で……」

屋号は同じ近江屋で、五平とは従兄弟《いとこ》に当る吉之助という六十がらみの男であった。

「お手数をおかけ申してあいすみません」

流石に蒼ざめて、疲れ切った様子なのは、行方の知れない五平を案じてのことときえる。

「五平というのは、いくつぐらいだ」

東吾が嘉助に訊ね、

「六十七におなりだときいて居ります」

年に一度ずつ江戸へ出て来て、「かわせみ」に泊るが、

「来年からは、悴さんをおよこしになるようなお話で……」

七十近い体では長旅がこたえるだろうと嘉助はいう。

「その年じゃ、女郎屋へ泊っているとは思えないな」

小さな声でいい、東吾は再び、訊ねた。

「金は持っているのか」

吉之助が不安そうにうなずいた。

これからの長旅だし、商売で江戸へ出て来たものである。

「実は手前も、こちらへ参りまして、五平が品川で待っているとわかりながら、すぐ追いかけなかったのは、懐中に金がございますし、夜道は剣呑《けんのん》と存じまして……」

かわりに使をやって、五平に待っていてもらうよう、伝えようとした。

「何ごともなければ、よろしゅうございますが」

そうしている中に、すっかり朝になって、早発ちの客が、飯をすませて出立して行く。

品川へは、もう一度、使をやり、むこうのお手先に命じて、宿を一軒ずつ問い合させることにして、吉之助は部屋で休ませ、東吾と源三郎は、るいの部屋で朝飯を食べた。

知らせが入ったのは正午すぎで、一度、八丁堀へ帰った源三郎が、るいの部屋で仮眠していた東吾のところへ自分でやって来た。

五平の斬殺死体が品川の御殿山の近くでみつかったという。

源三郎と東吾に、吉之助と嘉助がついて、大川端から御殿山まで急行してみると、五平の死体は高輪の番屋に移されていた。

嘉助の証言だと、「かわせみ」を午すぎに出立した時のままの恰好《かっこう》で、胴巻も財布も奪われている。肩先から胸のあたりまで一太刀だが、すさまじい斬り口であった。

「例の奴です……」

死体をあらためて、源三郎が嘆息をついた。

「東吾さんのいわれた通りになりましたな」

金を持って江戸から出て行く旅人がねらわれたことである。

大川端を午すぎに出たのだから、五平が御殿山のあたりへ来たのは、どんなにゆっくりでも、日暮前だった筈だが、

「昨日は、今にも雨が降り出しそうな按配で、八ツ（午後二時）頃からうすっ暗くなって居りましたから……」

花の季節の終った御殿山のあたりは、あまり人通りもなく、五平にとっては不運なことになった。

「下手人が、たまたま、そこを通り合せたのか、人が来るのを待っていたのか、その辺が思案のしどころかも知れないぞ」

辻斬りの稼ぎ時は夜であった。

獲物を待ち伏せしていたにしては時刻が早すぎる。もしも、たまたま、通り合せたとするならば、

「殺人鬼は、この近くに住んでいるとも考えられますな」

それにしても、人相のわからない相手であった。

目撃者は一人も居ない。

疲れ果てて、八丁堀へ帰る途中、嘉助からきいたのは、例の棒手振り安の娘が、とうとう、深川の女郎屋へ行き、かわりに、お柳が安吉の女房におさまったという話であった。

「とても、魚屋の女房という女じゃございませんので……」

そうきかされて、東吾と源三郎は廻り道をして魚安の店をのぞいた。

裏口で、商売から帰ったらしい安吉がへっついの下をあおいで、飯の仕度をしている。

一間きりの部屋では、白粉《おしろい》やけのした女が寝そべって、煙草を吸っていた。

「一日中、あんなふうにごろごろして居りますようで……飯の仕度も安吉が上げ膳据え膳で食わしてやって居ります」

とんだ女房をもらったものだと、嘉助は顔をしかめている。

「その中、娘の罰が当るんじゃないかと、近所中が話していますが……」

「安吉は満足しているようだな」

みていると、いそいそと膳を運び、魚を焼いて、やっと起き上った女とさしむかいで一杯やり出した。

「夫婦なんてものは、外からではわかりませんからな」

独り者のくせに、源三郎がわかったようなことをいい、二人は降り出した雨に慌てて歩き出した。

三

深川で女郎になったという、魚安の娘が気にならないわけではなかったが、東吾も源三郎も辻斬りに追い廻されていた。

相変らず、二夜に一度は被害者が出る。

それも、東吾がいいあてたように、宿場はずれで旅人が襲われていた。

千住で二人、板橋で一人。

そうかと思うと、町方の注意を四宿に集めておいて、本所に現われたりしている。

「お柳が、吉三と媾曳《あいびき》しているのを御存じですか」

たまたま、本所の現場へ行った帰りがけに、来合せていた深川の長助が、東吾へいった。

「吉三って奴の住いが深川の三角屋敷の近くにあるんですが、そこへちょくちょくお柳の奴が来ているんです」

近所の話では、まっ昼間からあられもない姿で抱き合っていて、女が泣いたり、叫んだり、

「子供が面白がってのぞきに行くので、親は弱り切っているそうです」

「安吉は知らないのか」

娘とりかえてまで身請けした女房が、別の男と乳《ちち》くり合っている。

「安吉が商いに出たあとで、お柳は吉三に逢いにくるそうですから……」

「知らぬは亭主ばかりなりか……」

「それも、娘を売った罰だと、みんないってますが……」

そんな話をして深川まで来ると、路地のむこうから男が二人、出て来た。通りに出たところで立ち止って、話をしている。

「吉三と……もう一人は、たしか女衒《ぜげん》で、丑松とかいいました」

唐桟の素袷《すあわせ》に、もみ上げを長くのばしているのが吉三だという。

男前ではないが、ちょっと苦み走ったところのあるいなせな奴で、成程、こういうのが女を食いものにして世渡りをするのかと、東吾は感心した。

やがて、吉三は路地をあと戻りして行き、丑松のほうは永代橋へ向いて行く。

「いやな感じがします」

長助がいった。

「ひょっとすると、吉三はお柳を叩き売るんじゃありませんか」

安吉が身請けして自由になったお柳を、又、別の土地へ女郎に売りとばす。

「あいつがよくやる手なんで……」

「しかし、人の女房だぞ」

「そんなことは一向におかまいなしでさあ」

「お柳が承知するというのか」

「まず、男のいいなりでしょう。お柳にとっちゃあ、安吉の女房になっているのも、女郎で客をとるのと、同じことなんでしょうから……」

お柳の情夫が吉三で、その他の男は、いわばみすぎ世すぎのためとなると、長助のいう通りであった。

お柳が吉三のいうとおりに身売りをするとなると、金を手にするのは吉三で、馬鹿をみるのは安吉とその娘のおいちということになる。

「ひどい話だな」

悪事には違いないが、法網にはひっかからない。

「安吉は身から出た錆《さび》でございますが、娘がかわいそうでございます」

自分にも娘があるのでと、長助はしんみりしていた。

辻斬りの探索もあって、それどころではないのも本当だが、東吾の正義感が聞き捨てには出来なくて、

「なんとか、吉三って奴に一泡《ひとあわ》吹かしてやりたいんだ」

流石に不眠不休の源三郎には相談出来ず、「かわせみ」へ行って嘉助に力を貸せと持ちかけた。

「よろしゅうございます。手前でお役に立ちますことなら……」

こういうことは大好きな「かわせみ」の連中だから、忽ち、その気になって、まず、嘉助が魚安の店を見張り出した。

吉三がお柳を女衒に売るならば、お柳の出入りに注意していればよい。

「吉三が女衒から金を受け取るだろう、そいつを尾けて行って、俺が吉三から、その金を巻き上げてやる……」

足りるかどうかは別にして、その金で、苦界に沈んだおいちを、なんとか請け出してやりたいというのが東吾の考えで、深川の長助も早速、一役買わしてくれといって来た。

長助のほうは、もっぱら、吉三を見張る役目である。

「吉三のような奴が、大手をふって、おてんとうさまの下を歩けるようじゃ、世の中、まっ暗やみでございます」

みんなが張り切って、およそ十日、まず、嘉助が知らせて来た。

たった今、魚安の裏口から、小さな風呂敷包を持ったお柳が出て、永代橋のほうへ行ったという。

吉三との媾曳には、いつもなにも持たずに出かけているから、これはおかしいと、嘉助にも、ぴんと来た。

東吾が八丁堀をとび出して、永代橋のむこうでお柳に追いついた。

そのまま、尾けて行くと、道のすみに吉三が待っていて、二人は肩を並べて大川沿いに少し行くと、辻駕籠に声をかけ、お柳が乗った。吉三が駕籠の横について本所のほうへ向って行く。

「若先生……」

どこにかくれていたのか、長助が声をかけた。

吉三を尾行して来たらしい。

「ここからは、俺が尾ける。お前は吉三に顔を知られているだろう」

足には自信のある東吾であった。

むこうが東吾の顔を知らないのも、尾行がやりやすい。

ぼつぼつ、夕暮であった。

駕籠は両国橋を渡って浅草へ入った。

ここまででも、かなりの道のりである。

漸く、駕籠舁きの足が止ったのは、道ばたの小さな一杯飲み屋の前で、お柳が下り、吉三が駕籠屋に酒手をはずんでいる。

二人が店へ入ったのをみて、東吾は一度、店の前をやりすごしてから、その敷居をまたいだ。

入ってみると、狭いところに腰かけをおき、客が何人か酒を飲んでいる。

幸い、着流しで両刀を落し差しにした東吾の恰好は、浪人風でもあって、それほど店の客の眼をそばだてない。

酒を註文して、すみに腰を下ろした。

吉三とお柳は奥の小座敷に上り込んでいた。

そこに丑松が来ている。

三人で暫く酒を飲み、腹ごしらえをした。

その中に、丑松が女中になにかささやいた。

駕籠を呼んだ様子である。

丑松が懐中から金包のようなのを吉三に渡したのは、お柳が手水《ちょうず》に立って行った留守であった。

「兄いも凄腕だな」

丑松がいい、吉三が笑った。

「その中、千住へ逢いに行ってやるぜ」

「この金がなくなったらの話だろう」

金の包は、およそ三十両と東吾はみた。

吉三が、金を胴巻にしまって、しっかりと肌へつける。

お柳が戻ってきて、店の勘定は丑松がした。

三人そろって、店を出る。

駕籠は待っていた。

「お前さん、待っているから、必ず、逢いに来ておくれよ」

店を出ようとする東吾に女の声がきこえた。

駕籠が上り、丑松がついて花川戸のほうへ行く。

吉三は立ち上って、暫く見送っていたが、そのまま、吾妻橋のほうへ歩き出した。

大川を渡る。

深川へ帰るのかと思っていると、そうではなく、佐竹右京大夫の屋敷の横を抜け、源森川沿いに本所へ入って行く。

すでに夜であった、戌《いぬ》の刻（午後八時）をすぎている。

どこかの旗本屋敷の賭場へでも行くつもりかと、東吾は気がついた。

吉三の懐中には、お柳を売った金がある。

早く、それをとりあげねばと、東吾はあせった。

まさか、辻斬りをやるわけには行かないが、辻斬りを装って、吉三を脅し、金を出させるしか方法がない。

歩きながら、東吾は用意して来た頭巾を出してかむった。

顔をかくすためだが、この陽気に頭巾というのは、まことに具合が悪かった。

吉三はわきめもふらず、すたすたと歩いて行く。頭巾のせいだけではなく、東吾は汗をかいた。

人通りはないが、まだ初更《しょこう》である。

辻斬りが出るには、いささか早すぎる気がした。第一、なんといって声をかけてよいかわからない。

仮にも八丁堀の与力の弟が、追いはぎの真似をしようというのであった。

正義のためとはいいながら、どうしてもためらいが先に立つ。

といって、賭場へ入られてしまっては、おしまいであった。

間の悪い時は仕方のないもので、先刻から草履の鼻緒がゆるんで、気になっていたのだが、業平橋《なりひら》の袂まで来た時に、ぷっつり切れた。

東吾が足許に眼を落した僅かの隙《すき》に、前方を歩いていた吉三が、ぱっとかけ出してしまった、と思ったのは、吉三が路地にとび込んだからで、このあたりは碁盤の目のように路地が入り組んでいる。

吉三は、尾行に気がついていたのかと思う。

草履を脱ぎ捨てて、東吾は追った。

いくつかの路地を走りぬけたが、吉三の姿はみえない。

横川へ出た。

むこうに法恩寺橋がみえる。

どっちへ行ったものかと、迷っていると、川のむこうで、叫び声がきこえた。

男の絶叫である。

東吾は走り出した。

橋を渡ると、道の左側が法恩寺であった。右側は空地である。

夜の中に人影が動いた。

血の匂いがする。

月が、空地の中にかがみ込んでいる男の姿をうすく浮び上らせた。

侍である。
倒れている吉三の懐中を探りかけたのが、東吾の足音をきいて、ふりむいた。
「何者だ」
頭巾をすてて、東吾は誰何《すいか》した。
血の匂いは、闇の中に広がっていた。
黒い影が、東吾の近づくのを待った。両手をだらりと下げているようにみえる。
東吾が、その侍の前に立った。侍が急に東吾に背をむける。
「待て……」
追おうとして、東吾は本能的に跳んだ。
暗がりから、がっと大気をつんざいて、別の男が斬りかかった。
東吾の手に白刃がひらめいた。
相手は二人である。
背恰好も同じくらいの侍であった。腰を落して、じりじりと東吾につめよってくる。
東吾は正眼にかまえたまま、相手をみつめた。
どちらも、かなり遣えると思う。
動くのは不利であった。
これが、江戸をさわがせた辻斬りかと思った。
それにしても、二人というのは、八丁堀の思惑違いである。

一人が低く叫び、もう一人が東吾へ向って大きく斬りかかる。同時にもう一人が、当然、東吾が避ける位置へ太刀をふり下ろした。

東吾は避けなかった。

一人の太刀は東吾の剣に巻き上げられたように宙へとび、もう一人は間合が狂って体が崩れるところを、したたかに蹴とばされた。立ち直るところを峰打ちである。最初に太刀を巻き上げられたほうは、腕が肩からしびれたようになって、半身が動かなくなっていた。

柔軟なようにみえて、東吾の剛剣と呼ばれる得意の技である。

刀の下げ緒をとって、二人の侍を縛り上げ、近くの番屋へ知らせた。

待つほどもなく、深川の長助がとんでくる。思いがけなかったのは、長助と一緒に源三郎の顔がみえたことであった。

普段、おっとりしているこの友人が、眼を釣《つ》り上げて、蒼白になっている。

「どうしたんだ、源さん……」

吉三を浅草から尾けて来て、偶然、辻斬りに出逢った話をすると、長助が地面へすわり込んだ。

「手前は、てっきり、若先生が吉三をお斬りなすったのが、誰かにみつかったのかと……」

今度は東吾があっけにとられる番で、

「いや、手前も慌てました。長助から、東吾さんが、吉三の金を巻き上げに行ったときいたものですから……」

　もしも、奉行所の筆頭与力、神林通之進の弟が、辻斬り、強盗の真似をしたならと、律義な友人は寿命の縮まる思いをしたという。

「冗談いうな。俺も、まだ、そこまでは落ちぶれてはいない」

　そうはいったものの、両国橋からこっち、頭巾をかむって、吉三を脅す機会をねらって尾け廻していたのだから、東吾もあまり大きな顔は出来なかった。

　辻斬りが吉三を斬ってくれたのが、むしろ幸いであった。

「あいつらがやらなけりゃ、俺がやったかも知れない」

　あとになって、冗談めかしていい、

「正義の味方も、ほどほどにして下さい。もしも、神林どのに知れたら、手前が腹を切っても追いつきません」

　人のいい源三郎から、こっぴどく叱られた。

四

　吉三の懐中にあった金は三十両で、これは源三郎が手を廻して、おいちのために役立つように、はからってくれたのだが、その金を持って、長助が深川の女郎屋へ掛け合いに行き、やがて、東吾や源三郎の待っている「かわせみ」へやって来て、なんとも間の抜けた表情で報告した。

「おいちは、身請けされました」

身請けしたのは、浅草の小間物屋の若主人で、

「おいちの初見世からの馴染みだそうでございます」

初会からすっかりおいちが気に入って、裏をかえし、身の上をきいて、それならと早速、身請け話を持ち出したという。

「晴れて、おかみさんにするそうで、もうすっかり手続きがすんで居ります」

小間物屋の店は小さいが、面倒な親類縁者もいないし、当人も両親が歿って、気らくな独り身だから、惚れられて夫婦になるおいちは、きっと幸せになるだろうと、長助は、すっかり安心している。

「世の中、なにが幸せになるかしれませんねえ」

るいもお吉も、あっけにとられた。

東吾が考え込んだのは、宙に浮いた三十両の金だったが、これは源三郎が適当な人を介して、おいちへ嫁入り仕度にするようにと渡してやることが出来た。

「どこをどう通ってこの金がお前のところへ行ったかは、話すわけにはいかないが、金の出所のそもそもは、お前の父親のところなんだ」

無論、安吉の知らないことだが、

「心のすみに、そいつをしまっておいてやってくれ」

女に狂って、娘を売った父親を、せめて怨まないでやってくれという源三郎の心づかいに、おいちはちょっと首をかしげて、訊ねた。

「お父つぁんは、お母さんとうまく暮しているんでしょうか」

源三郎は苦笑した。

「そいつが、お柳は他の男と逃げちまってね」

おいちは嘆息をつき、だが、どこかで、ほっとしたようでもあった。

「お父つぁん、どうしています」

「今のところ、元気はないようだが、まあ、働いているそうだ。その中、はっきり、眼がさめるだろう」

それまで、放っておいたほうがいいと、源三郎は智恵をつけて帰って来た。

東吾が捕まえた辻斬りは、双児《ふたご》の兄弟であった。

水戸の郷士の悴で、腕自慢が嵩《こう》じて新刀のためし斬りをやり、国許を放逐されて江戸へ出た。

辻斬りを働いたのは、金に困ってのことだったが、人を斬るのに二人とも快感があったという。

「やはり、一種の異常人間とでも申しましょうか」

二人の住居は高輪の御殿山の近くで、時には二人揃って、又は一人ずつ、江戸の夜を徘徊《はいかい》しては人殺しを重ねていた。

「この度は御苦労だったな」

辻斬りの処分がきまってから、東吾は兄の通之進に呼ばれて、労をねぎらわれた。

「おかげで八丁堀の面目も立ったと、御奉行より、お賞《ほ》めを頂いたぞ」

神妙な弟を眺めて、通之進は、そこでちょっと笑った。

「犬も歩けば棒に当るというが、しかし、よく、お前が辻斬りに出くわしたものだとそれだけは不思議に思っているのだが……」

「かわせみ」の台所には、少ししょんぼりした表情の安吉が魚を持って来ていた。

「これからは心を入れかえて、稼ぎなさいよ。二度とつまんない女にひっかかったら駄目だわよ」

お吉の意見にも神妙にうなずいている。

あまり、哀れなので、るいが、

「まあ、娘さんも良縁に恵まれたし、時期をみて、お聟さんとも対面出来るよう、誰かに仲立ちをたのんであげるから……」

というと、安吉は、はっきり首を振った。

「そいつはいけません。娘はもう売っちまったんだ。親子の縁はとっくにきれてます」

これからは一人で稼いで、誰にも厄介をかけないで年をとって行くより仕方がないと魚安はいった。

「野垂れ死をしても、娘の厄介にはなれませんや。これでも江戸っ子ですからねえ」

お柳に逃げられて以来、急に老けたような腰のあたりをしゃんとのばして、天秤《てんびん》棒を肩に帰って行く。

「なんだか、おかしな江戸っ子ですねえ」

るいが東吾にいいつけて、東吾も苦笑した。

「その中、祭になると、揃いの衣裳を作るために、女房を女郎に売って、その衣裳をみせるために、女房を廓へ買いに行く江戸っ子が出てくるそうだぜ」

女房を質に入れても、祭の衣裳を作らねばと、江戸っ子が張り切る天下祭、山王、日枝神社の夏祭までには、まだ一カ月の余もある江戸の晩春であった。

人《ひと》は見《み》かけに

一

「御宿　かわせみ」と書いた小さな看板の出ている玄関先に、白く紫陽花《あじさい》が咲き出して、この季節、お定まりの雨が、その日も朝から、しとしとと降っていた。

ちょうど、八ツ（午後二時）をすぎた頃、宿屋稼業としては、まず、客を迎える準備もすんで、ほっと一息という時刻に、慌しく駈《か》け込んで来た男女があった。

「すまねえが、連れが急に具合が悪くなっちまって……」

笠《かさ》を脱いだ男は三十がらみ、町人髷《まげ》で唐桟の単衣《ひとえ》に角帯を締めているが、体つきにすばしっこいところがあって、いわゆるお店者《たなもの》のようではない。

女は小柄で、身なりはひどく粗末だった。旅仕度をしているし、着物の裾の汚れ方からしても、かなり長旅をして来たようなのに、それにしては荷物らしいものもない。

帳場に居た嘉助が一目みて、どこか田舎の温泉宿かなんぞの女中ではないかと思われる女と、連れの男との取り合せが、なんとも奇妙であった。

「かわせみ」で泊める客ではないと思いながら、嘉助が拒《こば》みそこねたのは、女が大きなお腹《なか》をしているのに気づいたからである。

男に抱えられて、漸くここまでたどりついたらしい恰好で、女は上りかまちに腰を下ろすと、肩で荒い息をし、時々、襲ってくる痛みに蒼ざめて、脂汗を流している。

「お嬢さん……」

どう致しましょうと、嘉助がたまたま帳場に居たるいをふりむくと、るいは、もう、女中を呼んで、すすぎの水を運ばせているところであった。

女の草鞋の紐は、男がほどいた。

「もう安心だぜ、すぐお医者を呼んでもらうからな」

そうささやいて嘉助のほうへ近づいて来た。

「雨に濡れて冷えたせいだとは思うんだが、腹が痛むらしいんだ、医者を呼んでおくんなさい」

あとで考えてみると、嘉助もるいも迂闊《うかつ》な話だったが、女のお腹の大きいのをうっかりして、男の言葉通り、腹痛と合点して、すぐに風呂焚《た》きが、近所の内科の医者を呼びに行った。

その間に、客を桐の間に通し、布団を敷いて寝かせたが、女は声をあげて苦しみ出し、

やって来た医者は一目みるなり、

「こりゃあ、お産じゃ」

しかも、もう生まれかけているという。

再び、産婆を呼びに行く者、油紙を桐の間へ運ぶ者、湯をわかす者と、「かわせみ」はてんやわんやになってしまった。

産婆が来た時には、赤ん坊はもう母親の胎内を出ていて、産湯をつかわせると、大きな声で泣いた。

「男の子でしたって……」

るいが、なんでもいいから洗いざらしの木綿を用意するようにと医者にいわれて、自分の部屋で行李《こうり》を開けていると、お吉がまっ赤な顔で入って来て、そう教えた。後産《あとざん》も今、終ったところで、母親の状態も悪くないという。

やがて、赤ん坊は布団を二つ折りにした上に、るいの肌着を間に合せの産着にして、ちんまりと寝かせられた。

母親のほうも、疲れ果てた顔で眠り込んでいる。

医者と産婆が帰ってから、るいは新しい晒《さら》しで赤ん坊の肌着を縫ったり、古い浴衣をほどいて襁褓《おむつ》を作ったり、宿屋稼業は嘉助とお吉にまかせっぱなしであった。

「お嬢さん、あの二人、御夫婦じゃありませんね」

表のほうが一段落してから、居間へ来て、一緒に針を運びながら、お吉がいった。

「あたしがみたところ、他人ですよ」

「わけがあって、他人らしくしているのじゃないかしら」

るいは一応、いってみたが、入って来た時の様子といい、男の言葉つきなど、親切ではあったが、夫婦というようではなかった。

「いったい、どういうんでしょう」

お吉は好奇心を丸だしにしたが、やがて、嘉助が宿帳を持って来ての話では、男のほうは政吉といい、もとは江戸に住んで錺職《かざり》をしていたという。

「賭け将棋に凝ってしまって、それがもとで、親方と喧嘩をし、かっとなって江戸をとび出して、あっちこっち流れ歩いて来たと申します」

江戸へ帰って来たのは五年ぶりで、親兄弟とは、とっくに縁が切れているから勘弁してくれと、昔の住所《ところ》は教えない。

女は、おていといって、

「信州のほうの湯の宿で女中をしていたらしいようで……」

嘉助は自分の勘が当ったのを、我ながら驚いている。

「政吉がきいたところによると、子供の父親を訪ねて、江戸へ来る途中だと申します」

身重の体の、女の一人旅を、みるにみかねて、道づれになったと政吉はいっているらしい。

「訪ねて行く先は、わかっているんですか」

お吉がきき、嘉助が答えた。

「深川の大店の息子で、体を悪くして、信州の湯へ湯治に行っている時分に、知り合ったそうで……」

嘉助が、ちょっと、ぼんのくぼに手をやったのは、誰の思いも同じことで、

「そりゃあ欺《だま》されたんじゃありませんかね」

すぐに、お吉がいい出した。

湯治に来ていて、温泉場の女中といい仲になるという話は珍しくもなく、

「深川の大店の若旦那なんてのも、本当かどうかわかりませんよ。もし、本当だったとしても、本気で夫婦約束なんかするもんですか」

「政吉という男も、それを心配しているようで……なんにしても、赤ん坊は生まれてしまいましたんですから」

嘉助は、なんともいいようのない顔をしている。

その夜は、一つの部屋のまん中に屏風《びょうぶ》をたてて、女と男は別々に寝た。

「道中、ずっと、そうして来たんですって」

お吉は早速、報告に来る。

「親切な人には違いないんでしょうけれど、赤の他人なら、なかなか、そこまで面倒をみきれないものじゃありませんかね」

一夜があけて、産婆がやって来て、女は赤ん坊に乳を飲ませた。

旅の空で出産して、さぞ心細いだろうのに、母親が若いせいか、乳はよく出たし、赤ん坊も威勢よく飲んだ。

政吉は珍しそうに、それを眺めていたがやがて、帳場へ下りて来て、いいにくそうに、裏庭のすみで仕事をさせてもらえないかといった。

「あいにく、そう持ち合せがねえんです。仕事をして、いくらかでも銭を稼いでおきてえもんですから……」

「かまいませんよ、うちのほうは……」

懐具合のよくなさそうなのは最初からわかっていることなので、るいが承知すると、政吉はどこかへ出かけて行って、すあか（素銅）を買って来たらしく、裏庭の桐の木の下へむしろを敷いて、一日中こつこつと、仕事をはじめた。

一服する時は、必ず、おていの部屋へ行って、赤ん坊の顔をのぞいてみたり、おていに冗談をいって笑わせたりしている。

「やっぱり、お父つぁんなんじゃありませんかね」

赤ん坊をみている政吉の顔は、とても、他人の子をみるようではなかったとお吉がいい、

「そうでもなけりゃ辻褄《つじつま》が合いません」

赤の他人が、ただ、道連れになった女のために、お産の費用や宿屋のかかりを稼いで払ってやろうというのは出来すぎているし、

「おていさんに惚れてるってのも、なんだか、ぴんと来ませんしね」

どっちかといえば、政吉のほうが苦み走ったいい男で、少し、やくざっぽいところも含めて、女にはもてそうな感じなのに、おていのほうは、ただ若くて健康そうなというのが取り柄だけの垢《あか》抜けない小娘である。

政吉が、おていに惚れて、面倒をみているというにしては、ちぐはぐであった。

東吾が狸穴の方月館の月稽古から帰って来たのは、ちょうど政吉とおていが、「かわせみ」へころがり込んでから五日目の夕方であった。

日の長い季節のことで、大川端はまだ明るく、ちょうど政吉が裏庭での仕事を片づけているところだった。

「変なのがいるじゃないか」

庭から、いきなり、るいの部屋へ近づいて声をかけると、るいは、いつもすわっている場所で、膝の上においた帯どめをぼんやり眺めている。

東吾をみて、膝の上に慌てて立ち上った拍子に、膝の上の帯どめが畳に落ちて、ころげた。

東吾が拾ってみると、すあかで彫った、ねずみの嫁入りである。

まん中に駕籠に乗った花嫁姿のねずみがいて、その前後に行列のお供がびっしり彫り込まれていて、小さな帯どめだけに、なんとも精巧な細工である。

「こいつは面白いな。どこで手に入れたんだ」

「あの人が彫ったんです」

ちょうど、政吉が庭のむこうを通って、桐の間へ上って行くところであった。

「あいつ、錺職か」

「わけをお話ししますから、その前に汗を流して下さいな」

東吾を風呂場へ連れて行って、るいは裾をはしょって、男の背を流しながら、ざっと風変りな客が舞い込んだ一部始終を話した。

浴衣に着がえて、るいの部屋へ戻ってくると、二階で赤ん坊の泣く声がした。

「あれが、そいつか」

泣き声はすぐやんで、男の声で子守歌らしいのが聞えた。

政吉があやしているらしい。

「あんまり泣かない赤ちゃんなんですよ。よく寝て、よくお乳を飲んで……」

東吾に団扇《うちわ》の風を送りながら、るいは少々、羨《うらやま》しそうな声を出した。

「あたしも、あんな赤ちゃんが欲しい」

東吾が笑って、夏火鉢のわきにおいてあった帯どめをとりあげた。

「いい腕の職人が、変な女にかかわり合いを持ったものだな」

るいがにじりよって、帯どめをみつめた。

「売ってくれないかって頼まれたんですけれど……」

「るいが欲しいんだろう」

「宿銭のかわりに、とり上げたと思われるのは、いやなんです」

るいが買うといえば、男は考えていたより安い値をいいかねない。

「そんな感じの人ですから……」

売ってくれといって来た時も、値はいくらでもいい、まかせるといってさっぱりした様子だった。

「るいが欲しいんなら、俺が買ってやるよ」

東吾が気前のいいところをみせたのは、方月館からの謝礼が懐中にあったからで、

「これで足りるだろう」

奉書に包んであるのを、そのまま、るいに渡す。

「多すぎますわ、これでは……」

るいがいったが、

「なあに、気に入った細工なら安いものだ。どうせ、俺が持っていりゃあ、源さんと深川へでも行って使っちまうのが、おちだからな」

早く払って来い、と東吾にいわれて、るいは、いそいそと金包を持って出て行ったが、戻って来た時は、政吉が一緒で、

「どうしても、あなたに御挨拶がしたいとおっしゃるので……」

るいが、嬉しそうに政吉にひき合せた。

政吉は、窮屈そうに膝を揃えて、かしこまっている。

「よかったら、こっちへ来て一杯やらないか」

東吾が声をかけると、遠慮そうに盃を受けて、一杯だけ飲んだ。

帯どめを買ってもらった礼をいい、それにしても代金が多すぎるという。

おそるおそる、懐中から布にくるんだものを出した。やっぱり、同じようなねずみの嫁入りの帯どめである。構図は少し違うが、よく出来たもので、

「これは、以前に彫りましたもので、本当はここを発ちます時に、こちらのおかみさんに、お礼がわりにおいて行くつもりでごさんしたが、同じようなものをお買い上げ頂きましたから……」

礼には、また別のものを彫る。ついては、これと、もう一つのねずみの嫁入りの帯どめとで、なんとか、貰った代金に見合うと思うので、これもおさめてくれないかと、政吉は続けざまにお辞儀をした。

そんな必要はないと東吾がいっても、それでは自分の気持がすまないという。

結局、東吾はその帯どめをおさめた。

政吉は喜んで、桐の間へ帰って行った。

二

二つの帯どめの、あとからの一つを、東吾は、るいと相談して、兄嫁の香苗へ贈ることにした。

「るいとお揃いだとは、おっしゃらないで下さいまし」

と、るいは遠慮したが、東吾は、ありのままを香苗に話した。

「よく出来て居りますのね。見事な細工……」

香苗は眼をみはって帯どめを眺め、東吾に礼をいった。

「大事に致しますわ」

「兄上には内緒にして下さい」

るいに、あまりでれでれしているようで、きまりが悪いと思い、東吾は義姉に口どめをした。

それから五日ばかりして、東吾が八丁堀の道場で、終日、与力、同心などの子弟に稽古をつけていると、日が暮れてから、ひょっこり、畝源三郎が顔を出した。

「夕涼み方々、深川まで行きませんか」

誘われて、東吾は苦笑した。

「あいにく、軍資金がないんだ。飲むなら、かわせみへ行こう」

「金はあります。かわせみでは、少々、まずいので……」

なんのことだか、わからないが、どっちみち、事件かと、東吾は察して、源三郎と八丁堀の風呂屋へ行った。

一汗流して、そのまま八丁堀を出る。

東吾は上布の着流しで、源三郎も絣《かすり》の単衣という同心らしくない恰好で、大川端を右にみながら、永代橋を渡って深川へ入った。

もうすっかり夜で、橋の上からは星空が美しかった。よく晴れていて、天の川がくっきりと白い。

「神林どのからお指図を受けまして、深川の大店を洗いました」

歩きながら、例によって、なんでもない調子で源三郎が話し出す。

東吾は、ぎょっとした。

「深川の大店で、倅がおよそ十カ月前に信州の湯治に行っていた者はないか、極内《ごくない》に探索せよといわれまして……」

一口に深川の大店といっても、数は多い。商売が、なになにとわかっていれば、まだしも、ただ息子が十カ月前に信州の湯治とだけでは、きくほうは、かなり苦労だったに違いない。

「案外、容易にみつかりました」

材木問屋「丸正」の一人息子の正太郎というのが、体を悪くして、一年ほど前から信州の諏訪の湯へ行っていて、桜の咲く頃に帰って来たという。

「正太郎と申すのは、なかなかの道楽息子のようで、信州へやったのも、湯治というのは表むきで、まことは、さる旗本の妾とねんごろになり、それが発覚しての後始末のためとか噂があります」

「成程……」

月を眺めて、東吾はうなずいた。

「その件は落着しているのか」

「金で解決した様子ですが……」

丸正というのは、少々いわくのある大店だといいかけて、源三郎は足をとめた。

蕎麦屋の前であった。

ここの主人が長助といい、お上のお手先を承《うけたまわ》っている。

源三郎が先に暖簾をくぐって、東吾が続いた。

奥から長助がとんで来て、すぐ二階の部屋へ案内する。

種物に酒を頼み、源三郎はちょっと窓をのぞいた。

夜風がいいように吹き込んでくる。

「深川へ行こうなんていうから、宮川あたりで飯をくわしてくれるのかと思ったら、案に相違だな」

東吾が笑い、源三郎が真面目に答えた。

「そもそもは、どなたかさんが、帯どめなぞを、お買いになるからです」

「夫婦ってのは、仕方がないな、あれだけ、口止めしておいたんだのに……」

「東吾さんよりは、神林どのが大事ということですな」

「だから、女はいやなんだ」

苦い顔をしたが、兄嫁なら多分、兄に黙っているわけはないと東吾は考えていた。

それにしても、柄にもない弟からの贈り物に対して、兄の通之進はどういう不審を持ったのだろうか。

長助が酒と種物を自分で運んで来た。

二階には他に客もなく、呼ばなければ誰も上って来ないという。

「お訊ねの丸正のことでございますが……」

あらかじめ、源三郎からいわれていたらしく、お酌をしながら、話し出した。

この土地の岡っ引だから、大店の内緒にはくわしい。

「今の旦那は、代々の丸正の血筋ではございません」

丸正という材木屋はかなり古い老舗だが、十五年ばかり前に、商売がうまく行かなくなり、店を閉めて夜逃げをするかというところまで追い込まれた。

「その時に、あの店を買いましたのが、今の主人でございまして……」

暖簾も店も、そのままだが、事実上、十五年前に代がわりをしたわけだ。

「どういう素性なんだ、今の主人は……」

東吾が種物をすすりながらきく。

「それが、はっきりしたことはわかりませんので……甲府のほうで材木を扱っていた商人だと申しますが……」

丸正とも取引があり、その縁で大金を投じて、丸正の暖簾を買った。

「それで、丸正は立ち直ったのか」

「まあ、ごらんのように店は張って居ますが、これといって大きな商いはない模様で……」

繁昌とはいい難いが、

「何分にも、今の主人は甲府のほうの大変な山持ちで、金はうなるほど持っているようですから、びくともして居りません」

家族は、主人の正兵衛と一人息子の正太郎で、

「正兵衛の女房は、丸正を買う以前に歿ったそうで、後妻は居りません。それと、つい先だって、正太郎が嫁をもらいまして……」

花嫁は同じ町内の地主の娘で、

「親は反対だったらしゅうございますが、娘のほうが正太郎に夢中になって、いつの間にか腹が大きくなりましたので、やむなく嫁入りとなったような話でございます」

東吾は苦笑した。

「どうも、あっちこっちで、女をはらませる男だな」

だが、「かわせみ」にいるおていの立場を考えると、笑い事ではなかった。

おていの相手が、もし丸正の正太郎なら、男にはすでに女房がいるし、その女房は妊娠していることになる。

間もなく、腹ごしらえの出来たところで、東吾と源三郎は、長助を案内にして、深川の木場へむかった。

このあたりは軒並み材木問屋で、海からひき込んだ掘割に材木が浮んで、月明りの中

で、かすかに揺れている。

丸正というのは、さして大きな店ではなかった。

おいてある木材も多いほうではない。

「時折、どっと品物が入って参りまして、すぐに、又、はけてしまいます」

それだけ、商いが早いということなのか、商いのない時の丸正はひっそりしていて、奉公人もそれほど多くはない。

店の周囲を一巡して、表の通りへ戻って来た時、東吾は、ふと丸正の前に立っている男をみた。

政吉である。

源三郎と長助に合図をして、そのまま、路地の暗がりにひそんでみていると、政吉は、暫く、丸正の看板を仰ぐようにしていたが、やがて、背をめぐらして、永代橋の方角へ歩いて行った。

「あれが、政吉なんだ」

東吾がささやくと、源三郎がうなった。

「やはり、おていの相手は正太郎ですな」

政吉は、おていから相手の男の名をきき出していたものに違いなかった。

「それにしても、なにしに来たのでしょうな」

おていのために心配して、それとなく丸正をみに来たのか、

「俺には、どうも、あの男の本音がわからないんだ」

単なる義俠心《ぎきょう》で、おていの面倒をみてやっているのか、それとも、おていに惚れたのか、

「美人じゃないんだな、おていって女は……」

「蓼《たで》食う虫も好き好きといいますからな」

「それにしては、源さんがもてないのはどういうわけだ」

「手前も、それだけはわかりませんな」

とぼけたやりとりを、背後できいていた長助が、とうとう噴き出した。

帰り道に源三郎と別れて、「かわせみ」へ寄って、政吉の様子を訊くと、別段、変ったこともなく、毎日仕事にせいを出しているという。

おていのほうも、産後の肥立《ひだ》ちはいいのだが、なんといっても、まだ十日ほどしか経っていないので、寝たり起きたりで、赤ん坊に乳をやったり、襁褓をとりかえたりするのがせいぜいの様子である。

「女が産後、自由に外へ出かけられるようになるには、どのくらいかかるものかな」

るいの部屋で飲み直しながら、東吾が訊いた。

「殿方って、みなさん、同じことをおききになるもんですね」

ちょうど、新しい徳利を持って入って来たお吉がおかしそうにいい、

「人にもよりますけど、大体、三七《さんしち》二十一日ってのが目安だそうですよ」

産後二十一日経てば、髪を洗ってもいいし、まず、普通の生活に戻れる。

「もっとも、田舎じゃ、十五日目にはもう田圃へ入って働いたって話もききますけども……」

「俺の他に、誰が同じことを訊いたんだ」

「政吉さんですよ。さっき、御膳を運んで行ったら、ちょうど外から帰って来て……」

「政吉は出かけたんだな」

「ええ、夕方に、すあかがなくなったからって……」

「なにか、お考えになってることがおありなんですか」

お吉がお酌を一つして去ってしまうと、るいが訊いた。

「実は、源さんと深川の丸正まで行って来たんだ」

るいにはかくす必要もなく、東吾はざっと打ちあけた。

「おていさんの相手は丸正の若旦那なんですか」

「政吉が、店の前に居たんだ。まず、その見当だろう」

おていが外へ出られるようになったら、政吉は丸正へ連れて行く心算《つもり》かも知れないと、東吾はいった。

「おていさんを正太郎に逢わせるためですか」

そんなことをしても、正太郎にすでに女房がいるのでは、と、るいは蒼くなっている。

政吉が、なにを考えているのかは、わからないと東吾はいった。

「当分、政吉から目を離さないでくれ、出かけたら、俺か、源さんに知らせてもらいたいんだ」

るいはうなずいたが、心はやはり、おていの立場にこだわっていて、

「おていさん、どうなるんでしょう」

と眉をひそめる。

「まあ、せいぜいが金でお払い箱だろう。夫婦約束をしたとしても、なんの証拠もないことだし……」

或る程度の金をもらって、信州へ帰り、子供を育てるか、赤ん坊を親兄弟にでもあずけて働くか。

「あの人、みよりがないそうですよ」

それに、丸正へ行っても正太郎が果して金を出すかどうか、とるいはいい出した。

「おていさん、正太郎って人から、別れる時に、お金をもらっているんです」

「手切金か……」

「当人はそうじゃないっていってますけど。それに、その時は子供が出来てるのにも気がつかなかったとかで……」

「いくら、もらったんだ」

「それが、三両なんです」

るいが立って行って、簞笥のひき出しから紙にくるんだ一両小判を持って来た。

「もともと三両もらったのを、二両は江戸へ出てくる前に使ってしまって、一両だけ残っていたそうですけれど……」

それを、おていがるいにあずけたのは、

「政吉さんにすまないっていうんです。あの人、信州と甲州の境目のお関所で、政吉さんに逢ったらしいんですけどそれから、江戸まで、宿の払いも食べるものも、みんな政吉さんが出してくれて、それじゃ、すまないからって、このお金を出したら、それは、生まれてくる子供の父親の形身だから、大事に持っていろって……」

「金を出すかわりに、ちょっかいは出さなかったのか」

この暑いのに、るいの膝枕で、東吾は臆面《おくめん》もなくきく。

「なんにもしなかったそうですよ。もっとも、あのお腹じゃ……」

るいは赤くなって、男の顔を団扇でかくした。

「その気になりゃあ出来ねえこともないんだろう」

「知りません、そんなこと……」

東吾が手をのばして、小判を取った。

「ここの払いも心配するなって、政吉さんがいったそうですけど、それじゃ、おていさんあんまり申しわけがない。起きられるようになったら、子供の父親のところへ行って、なんとでもしてくるから、それまでは、このお金をあたしにあずかっておいてくれって……」

東吾がひょいと起き上った。

小判を行燈にすかしてみたり、歯にあててみて、首をひねる。

「どうかしたんですか」

るいの口を、指一本あてて封じた。

「こいつを俺に貸してくれ。それから、もし、おていが金を返してくれといったら、別の小判を渡してやってくれないか」

そそくさと、裏から帰って行く東吾を、るいは怨めしそうに見送った。

三

東吾から小判を受け取った神林通之進は、夜中にもかかわらず、そのまま、奉行所へ出かけて行った。

「お前は留守して居れ」

そういわれたにもかかわらず、じっとしていられなくて、東吾は畝源三郎の屋敷へ出かけて行った。

「瓢箪《ひょうたん》から駒《こま》が出ますか」

のんびりした口調でいながら、源三郎も緊張していた。

だが、二人が待機していたにもかかわらず、その夜、奉行所からは、なんの指令も出ず、通之進は朝になっても屋敷へ帰って来なかった。

たまりかねて、様子をみに行った畝源三郎が狐につままれたような顔で、

「神林どのは、いつもと変りなく出仕して居られますし、奉行所の中も別段のことはなく……」

平静だといわれて、東吾もあてがはずれてしまった。

てっきり、丸正が贋金《にせがね》作りの一味の本拠で、今にも捕方が出ると思ったものである。

「贋金ではなかったのかな」

手触りに、違和感があると思ったのも素人の早合点かと、東吾は落胆した。

屋敷へ帰って、一ねむりしていると、兄嫁が起しに来た。

「かわせみから、嘉助が来ています」

とび起きて、出て行くと、

「只今、政吉が出かけました」

まっすぐ永代橋を渡って行ったと知らされて、ともかくも、東吾は深川へ向った。

ちょうど、長助の蕎麦屋の前まで来た時、店から長助が慌しくとび出して来て、一緒に出て来た若い衆の着ている半纏に丸正の名が入っている。

「これは、神林の若先生……今、丸正から使が来まして……」

店へ政吉という男がゆすりに来ているという。

「ゆすり……」

「へえ、若旦那の正太郎さんが、女に子供をはらましたといって、百両出せといってい

ているそうで……」

長助と一緒に丸正の暖簾をくぐってみると、若い男がまっ蒼になって、棒立ちになっている。

「正太郎か、政吉はどこへ行った」

当てずっぽうで、東吾がどなると、正太郎はへたへたとすわり込んでしまい、奥からでっぷりした初老の男が、二、三人の奉公人と慌しく出て来た。

「これは、長助親分、一足遅うございました」

政吉は、たった今、百両を奪って、裏口から出て行ったという。

「なんだって、そう素直に金を出したんだ」

長助が若い者と一緒に裏口からとび出して行くのをみてから、東吾はいくらか乱暴にいった。

正兵衛は東吾を八丁堀の役人と思ったらしい。

「それが、いきなり、悴に短刀を突きつけまして、金を出さねば、殺すとおどしますので、もう仰天いたしまして」

正兵衛はおろおろし、正太郎は声も出ない。

「お前、おていという女におぼえはないのか。諏訪の湯の宿の女中だが……そいつはお前の子を、江戸までやって来て産み落したんだぜ」

東吾の言葉に、正太郎が上ずった声をあげた。

「存じません。おぼえなんぞありません」

「だが、おていは、お前が別れる時に三両やった小判を大事に持っているんだ」

「そんな……手前は存じません」

泣くような正太郎の声に、父親が途方に暮れたように、口をはさんだ。

「その……おていさんとおっしゃるお方は、どちらにいらっしゃいますので……」

「居場所をきいてどうするんだ」

「手前が逢って、話をききたいと存じます。子供が生まれているのなら、捨ててもおけません……」

ただ、その女と、今、店へ来た政吉とはどういうつながりなのかという。

「途中で、道連れになった男だ」

「おていという人と、ぐるではございませんか」

もっともな疑問だったが、東吾はそうではあるまいといった。

「おそらく、おていから事情をきき、お前の息子をゆすって、金をとる気だったのだろう。おていは知らずに世話になっただけだ」

そこへ長助が戻って来た。どこにも、政吉らしい姿はみえないという。

「おっそろしく、逃げ足の早い男で……」

長助は歯ぎしりして口惜しがっている。

東吾は、わざとおていの居場所をいわずに一足先に丸正の店を出た。

まっしぐらに、「かわせみ」まで帰って来て様子をみると、おていは赤ん坊に乳をふくませている。

部屋を調べてみると、政吉の荷物はなにもなく、これは、てっきり、おていをねたに丸正をゆすって大金を手にし、そのまま逃げる魂胆だったと思われた。

「なんて人でしょう。人が困っているのを餌にして、お金をゆすって逃げるなんて……」

最初から、そのつもりで道連れになって江戸まで来たのかと、るいも嘉助も、政吉という男の悪がしこさに腹を立てた。

「こんな、いい腕を持ちながら……」

例の帯どめを、るいは庭へ叩きつけた。そんな男の彫ったものを、東吾にねだって金を出してもらったことが、たまらないらしい。

そこへ、畝源三郎が来た。

「丸正へ、ゆすりが行ったそうですな」

政吉の仕業と承知して、

「やっぱり、そういう下心があってのことでしたか」

長助が政吉をとり逃がしたのを無念がった。

「おていには黙っていたほうがいい、いずれ、わかるだろうが、産後のことだ。あまり、驚かせて乳でも止ったらいけない」

そんな中に、長助がついて、丸正の正兵衛が、「かわせみ」へやって来た。

「悴が白状致しました。たしかに、おていさんという女にはおぼえがあると申して居ります」

そうはいっても、家にはすでに嫁が入っているし、今更、おていを家へ入れるわけには行かないが、

「孫が生まれているとききまして、矢も楯《たて》もたまらず……」

それとなく逢わせてくれといわれて、るいは正兵衛を中庭をはさんで桐の間のみえる部屋へ案内した。

幸い、暑い季節のことで、おていは部屋の障子をあけはなして、赤ん坊を抱いている。

遠くから、正兵衛は眺めた。

「今日は、これで戻ります。悴と談合致しまして……又、出直して参ります」

途方に暮れた顔つきで、正兵衛は帰って行った。

東吾が、るいの部屋でくつろいでいると、いつの間にか八丁堀へ帰っていたらしい畝源三郎が、又、やって来て、

「神林どののおことづけですが、今夜はかわせみの宿直《とのい》をなさるようにとの御命令でございます」

ひどく真面目な口調でいう。

「なんのことだ、源さん」

「手前にもわかりかねます。ただ、くれぐれも御要心をとだけ、申しつかって来まし

た」

深謀遠慮の兄のことだから、必ず、なにかがあるとは思ったものの、くすぐったい気がしないわけでもない。

「とにかく、今夜はおおっぴらだ」

宵の中から、るいの部屋に閉じこもって、はやばやと夜具に入る。

「こないだは、おいてきぼりをくわせたからな」

冗談だと思っているるいは、忽ち、東吾の腕の中で息がつまるほど抱きしめられ、やがて、官能の虜《とりこ》になった。

そして、「かわせみ」の客も、奉公人達もぐっすり眠り込んでしまった丑の下刻（午前三時頃）。

東吾は音もなく蚊帳《かや》をすべり出た。

裏庭に、かすかな物音がしている。

東吾は、すばやく、桐の間へ行った。

嘉助が、すでにそこに来ている。

「おていは……」

「おっしゃった通り、手前の部屋へ……」

「よし……」

夜具の中に、東吾がもぐった。

嘉助は、部屋の外にすべり出る。

雨戸一枚が、音もなく外から開いた。猫のように、男が桐の間へ入ってくる。

手さぐりで、夜具のわきにおいてあった財布を摑んだ時、その手を東吾が逆にとった。

「あいにく、そこに贋金はないぜ」

男がもがき、あいている手で脇差を抜こうとしたが、それより、東吾の当て身のほうが早かった。

嘉助がとび込んで来て縄をかける。

灯をつけてみると、

「やっぱり、こいつか」

気絶しているのは、丸正の正太郎であった。

同じ時刻に、丸正の店に捕方が乱入した。

たまたま、その日、丸正の店には材木の荷が入り、それについてかなりの男達が、店へ泊り込んでいたのだが、捕方がふみ込むと、一せいに得物をとって、抵抗した。

が、それも一刻足らず、東吾がかけつけた時には、丸正の主人、正兵衛をはじめ、番頭、手代、その他、贋金作りの一味は、すべてお縄にかかっていた。

そして、倉の中から、虫のように縛られて、半死半生の政吉が発見された。

丸正は、早くから、奉行所が目をつけていた、贋金作りの巣であった。

「甲府の山持ちなんぞというのは、まっ赤な嘘だったんだ」

粗悪な金銀を、甲州の山地から採掘して、それを木材の内部をくりぬいて、つめ込んで江戸へ運ぶ。

丸正の店の倉の中で、それらは加工されて、更に一味の贋金作りの本拠へ運ばれて行く時も、やはり、丸太の中にかくして白昼堂々、まかり通った。

「材木問屋とは、うまいかくれ蓑《みの》を考えたものだよ」

早くから、あやしいと気づいていながら、八丁堀でも手が出せなかったのは、証拠がないのと、迂闊に叩いて、雑魚《ざこ》だけ網にかかるという結果に終らせたくなかったからである。

「源さんも人が悪いよ。兄上になにもかも打ち明けられていたくせに、俺を、まるっきりの蚊帳の外におきやがった」

東吾は苦情をいったが、源三郎は、けろりとして笑っている。

「いや、神林どのは仰せられました。兄弟は以心伝心、なにもいわなくとも、東吾は承知している筈だ、と……」

第一、おていの持っていた小判を、贋金と気づいたのは、東吾さんではありませんかといわれて、東吾は口惜しがった。

「兄上が、前から贋金作りの探索を手がけて居られるのは、知っていたんだ。だから、もしやとは思ったんだが、あんまり、おとぼけがうますぎるんで、一杯くったんだ」

「人は見かけによらぬものと申しますからな、神林どののおとぼけは、まず一流です」

人は見かけに、といえば、もう一つ、これぱっかりは、東吾も源三郎も、あっけにとられたことがあった。

珍しく、さわやかな感じのする朝早くに、大川端の「かわせみ」を旅立って行く男女があった。

女は、おていで、これは産後一ヵ月とも思えないほど、顔色もよく、健康そのもののように、ぴちぴちしている。

男は、赤ん坊を抱いていた。

赤ん坊は、男のたくましい腕の中で、よくねむっている。

「いろいろと御厄介をおかけしました。もしも、甲州のほうへお越しの節は、必ず、おたずね下さい」

まじめくさって挨拶する政吉は、町人姿だったが、腰の道中差がぴったり板についている。

まるで、夫婦のように、より添って大川端を甲州路さして立ち去った二人を、東吾もるいも、いささか、あっけにとられて見送った。

「あいつが、お上のお手先をつとめる隠密とは、人は見かけによらないものだな」

甲府代官所のお手先で、贋金作りの探索に加わっていた男だとは、兄の通之進から知らされたことである。

おていが、正太郎からもらって費《つか》った贋金から、甲府の贋金作り探索方が動き出した。

「あの人、探索のために、おていさんの道連れになったのでしょう」

おていが持っていた一枚の贋金から、丸正へ見込みをつけて、それとなく探りに入ったが、丸正のほうが、それと気づいて、彼を捕えて、町方には百両ゆすって逃げて行ったと嘘をついた。

「もともとは、仕事で近づいた仲だが、その中、情が移ったという奴なんだろう。なにしろ、ひどく子供好きらしいからな」

甲府へ帰ったら、いずれ夫婦になるつもりだと、東吾には赤くなって打ちあけて行った政吉であった。

「あんないい人を、どなたかさんも、どなたかさんのお友達も、金のためにおていさんに親切だった悪党だなんて、おっしゃって……」

それでも八丁堀のお歴々ですか、と口には出さないが、るいが笑って、東吾と源三郎は顔を見合せた。

「人間、めがね違いってことはあるものだ」

「左様です、猿も、たまには木から落ちるそうで……」

大川端に朝陽が射して来た。

今年の夏は、まだまだ暑さが続きそうである。

夕涼《ゆうすず》み殺人事件《さつじんじけん》

一

ただでさえ暑い江戸の夏。

それが、この年は梅雨あけから猛暑であった。

早朝から焼けつくような一日が、陽が落ちても、むっとしたままで夜になる。

人々は、僅かの風を求めて外へ出た。

大方は、門先《かどさき》へ縁台を持ち出しての夕涼みだが、大通りや賑やかな場所には涼みの客をめあての夜店が出て、そういうところは人も出るし、魚燈を燃やすカンテラや薩摩蠟燭の煙がまっ黒く立ち上って、決して涼しいとはいい難い有様なのに、それでもやはり蒸し暑い家には居たたまれなくて、人が集まってくる。

大川のふち、橋の上も夜が更けるまで人影が絶えなかった。

酒よりも高価な燈油を惜しんで、早寝をする習慣のある江戸の町人達も夏ばかりは夜更かしで、三更（午後十一時から午前一時）をすぎてもまだ出歩いている者が少なくない。

町方では、ひそかに頭を悩ましていた。

夜遅くまで、暗い戸外に男女が彷徨《ほうこう》していれば、風紀も乱れるしそれに伴う犯罪の恐れもある。

そして、事件は間もなく、あいついで起った。

最初は、築地明石橋の近くで、そこからさして遠くもない上柳原町の桶問屋の番頭、吉兵衛という二十八になるのが、近所の小料理屋の女中でお繁というのと、夕涼みというのには遅すぎる深夜の媾曳の最中だったのだろう、折り重なっているところを上から脇差で芋刺しにされて死んでいるのを、夜が明けてから通行人がみつけて大さわぎになった。

二人を突き刺したままになっていた脇差はどこにでもあるような安物で、古ぼけて塗りのはげた鞘も、そばに捨ててあった。

「なんとも、みられた恰好じゃござんせん。医者が来て二人を引きはなしたんですが、当人は極楽往生かも知れませんが、あとあとまで死に恥をさらした恰好でござんすから……」

こいつは滅法、旨い素麵《そうめん》でございますから、神林様の若先生がおみえなすった時に、召し上って頂いて下さいまし、とわざわざ、商売物を「かわせみ」へ届けに来た深川の長助が、るいや嘉助に、その話をした。

明石橋界隈は、長助の縄張り外だが、たまたま、八丁堀の畝源三郎のところへ用足しに来ていて、事件をきき、現場をみて来たという。

「いやですねえ、いくら、夜中だからって、表で、そんなあられもない……」

男女の色事には、全く同情のないお吉が眉をしかめて、その話はそれっきりになった。が、二夜おいて、今度は柳原土手で夜鷹を抱いていた渡り仲間の丑三というのが、やはり二人重なって芋刺しにされ、江戸の夜は俄《にわ》かに騒然となった。

神林東吾が狸穴の方月館の代稽古を終えて帰って来たのは、二度目の事件があった翌日の夕方で、例によって、八丁堀の兄の屋敷へは寄らず、まっすぐに「かわせみ」へ汗だらけの顔をみせた。

一風呂浴びて、るいの心づくしの浴衣に着がえ、川風がいい具合に入ってくる、るいの居間で酒が出るのも、いつものことである。

「俺が留守の中に、物騒なことが起ったらしいな」

二つの事件は狸穴まできこえていたらしく、

「かわせみは大川端で、居ながらにして涼みが出来るから、わざわざ殺されに、外で媾曳することもないだろうが、随分、好かねえ殺し方をしやあがるな」

大方、女にもてない男の仕業だろうと、東吾は苦笑する。

そんなところへ、嘉助が、

「畝様がおみえになりました」

と取り次いで来て、町廻りのあと、八丁堀の湯屋で汗を流して来たらしい畝源三郎が、ついこの間、るいが縫い上げて届けた越後上布の着流しで、颯爽《さっそう》と入って来た。

「今日、お帰りときいていましたので……」

東吾が狸穴から帰ってくる時刻を見計ってやって来たという。

「いけ好かねえ犯人《ほし》は、まだ挙がらねえとみえるな」

源三郎が来たのは、その話と東吾は心得ている。

「昨夜の柳原土手は閑古鳥が鳴いたようだったそうです。客も女も、気味悪がって敬遠したようで……」

「夜鷹と芋刺しにされたんじゃ、浮ばれねえからなあ」

縁側へ出て、柱を背にして飲みながら、東吾は、暫く暗くなった大川を眺めている。

蝙蝠《こうもり》が時折、軒端をかすめて飛んでいる夏の夜である。

星も、まばらに川の上に出ている。

「突き刺した刀を、そのままにして行くところをみると侍の仕業じゃないな」

並んですわった源三郎の盃へ、酌をしてやりながら、東吾が呟く。

「明石橋のと、昨夜のと、犯人は同じか」

「手口は同じようですが……」

凶器は違うと、源三郎が答えた。

最初が脇差、昨夜のは、

「太刀です」

無銘だが、ちょっとしたもので、武士の差料として、まずまずのところという。

「前が脇差、二度目が太刀か」

二本の刀はこしらえも、なかみもばらばらで一対のものではない。

「武士でないとも、いい切れません」

一息に突き刺した力といい、手ぎわといい、

「町人で、ああ出来るかどうか」

「しかし、差料を抜かず、そのまま捨てて行ったのが、解せないな」

侍なら、まず腰の物を残して行くことは、たしなみとしてない筈であるが、

「暑さで、頭が狂ったか」

どっちにしても、通りすがりの犯行の可能性が強そうである。

「まず、そうでしょう。一応、殺された者たちの身辺を洗っていますが、特に怨みを受けるような話もないようです」

相手かまわぬ、辻斬りのような犯行だと、このあとも犠牲者のでる危険があった。

「外へ出るなといっても、こう暑い夜が続いて居りますと……」

八丁堀の彼の家など、雨戸を開け放しておいても、そよとも風が入らないと、源三郎

はこぼした。

だらだらと、酒が長くなって、源三郎が腰を上げたのは、子《ね》の刻（午前零時）近くで、

「これはどうも、長居をして……」

気がついたように、あたふたと帰って行った。

「源さんも、いい年をして気がきかねえな、こっちは十日ぶりの逢瀬《おうせ》なんだぜ」

東吾が笑いながら、るいに手伝って、隣の部屋に蚊帳を吊り、るいが鏡台の前にすわって、髪から櫛やかんざしをはずしているところへ、お吉が遠慮そうに顔を出した。

「あの、畝さまからのお使で、柳橋で、又、二人、殺されたんだそうでございます」

「使は帰ったのか」

「いいえ、外でお待ちになっています」

ということは、使と一緒に東吾に来てもらいたいという源三郎の腹である。

「よくよくの野暮天だな、あの野郎……」

憎まれ口をきいたくせに、東吾はさっさと浴衣を着がえて、両刀を腰にした。そういうところは、まことに友達甲斐《がい》のある男で、

「今夜は帰れないだろう、かまわず、寝ちまってくれ」

怨めしそうなるいを背にして、「かわせみ」の玄関を出て行った。

源三郎は「かわせみ」からそう遠くもない船着場で待っていた。

猪牙《ちょき》の用意がしてある。

「柳橋です」

東吾の顔をみると少し嬉しそうに笑って、先に舟に乗る。

「随分、早い殺しだな」

船頭が竿をとるのをみて、東吾はきいた。

「今までのは、みんな夜明け方だろう」

明石橋のは、殺された小料理屋の女が、店をしまって出て行ったのが、四ツ（午後十時）すぎとわかっているので、それから婷曳で明石橋あたりへ来たとすると、早くて子の刻（午前零時）前、まず殺されたのは、涼みの人の姿もなくなった真夜中すぎと想像される。

柳原の土手のほうも、そんな刻限で、どちらも、朝になってから発見されていた。

夜の中に、みつかったのは、これが最初である。

「どうやら、殺しをみていた者があるような話です」

「ほう」

流石に大川の上は涼しくて、柳橋へ着く頃には、二人とも酔いがさめている。

案内されたのは、柳橋の船宿「助六」で、入口に、このあたりの岡っ引の五郎三というのが出迎えている。

死体は、土間《や》に少し、はなして並べてあった。菰《こも》をかぶせてある。

「実は、殺られましたのは、この先の川っぷちの空地だったんでございますが、何分にも暗うございますし……」

知らせがあった時、まだ二人とも体があたたかくて、ひょっとしたら助かるかも知れないと、ここへ運んで医者を呼んだりしたのだが、医者が来た時には、すでに絶命していたという。

「運んだ時には、もう息はなかった模様で、人間、死んですぐに冷たくなるもんじゃござんせん」

五郎三が菰をめくり、源三郎と東吾がのぞき込んだ。

男は三十二、三、身なりは上等で洒落《しゃれ》たものを着ている。いわゆる、のっぺり型の色男で、死顔にも苦痛はなく、むしろ笑ったようにさえ見えるのが、かえって不気味であった。

女のほうは、一見して芸者であった。

これは、恐怖にひきつったようなすさまじい形相で死んでいる。

「柳橋の小文っていう妓《こ》で……」

五郎三がいった。

「男の身許もわかっているのか」

「へえ、それが……」

五郎三が、ちょっと、ぼんのくぼに手をやった。

「吉原の松浦屋の倅で、伊兵衛ってんです」

「松浦屋……」

東吾が聞きとがめた。

「江戸町二丁目あたりだな」

娼家であった。

吉原では小見世だが、客種は悪くない。

「左様だそうで……」

五郎三はくすぐったそうな顔で下をむいた。

「実は、その、二人は殺される前まで、ここの船宿に居りました」

柳橋で伊兵衛が小文に逢って、船で向島まで行くことになって、二人して船宿へ来た。

「あいにく、船頭が出払って居りまして、二階でお待ち頂く筈でしたが、暑いので、そのあたりで涼んでいるからと川っぷちのほうへふらふら歩いて行かれたんでございます」

船宿「助六」の主人が途方に暮れたように説明した。

「向島には、松浦屋さんの寮がございます」

伊兵衛は、そこへ小文を連れて行くつもりだったに違いない。

「船頭は、なかなか帰って参りませんので、困ったものだと思って居りますと、外のほうで人のさわぐ声がしまして……行ってみましたら……」

空地に、伊兵衛と小文が殺されているのを知らされたという。

「それは、何刻頃だ」

「五ツすぎでございます」

午後八時である。夏の夜としては、そう遅いほうではない。

「死体は重なっていたのか」

源三郎の問いに、五郎三が再び、頭へ手をやった。

「手前が行った時は、もう動かしてありまして」

だが、助六の主人がみた時も、二人は別に折り重なっていたようではなかったという。

「すぐ近くではございますが、それぞれに倒れて居りましたようで……」

「こいつは芋刺しじゃねえな」

伝法な口調で東吾がいい、それまでみていた死体の傷口を、そっと着衣でかくすようにした。

「どちらも、前から胸を突かれている。それにしても、源さん、この突き傷は、なんだろうな」

源三郎が再び、かがみ込んで二つの傷口をみた。

「槍《やり》でしょうか」

そっと、東吾をみる。

「えらく物騒なものを、夕涼みにかつぎ出して来やがったな」

東吾は笑って、死体の傍から離れた。

「ところで、みつけたのは誰なんだ」

船宿の主人は人がさわぎ出してから、かけつけたという。

「それが麦湯売りの娘でして……」

二

五郎三の案内で、源三郎と東吾は、まず二人が殺されたという川っぷちの空地へ行った。

夕涼みの野次馬が大勢、さわいでいて、彼らが現場へ入らないよう、五郎三のところの若い連中が四方に縄を張って、立ち番をしている。

なにしろ暗いので、はっきりしないが、提灯のあかりで、血がおびただしく流れているのがわかる。

そこから、番屋へ行った。

番屋の前に、屋台の荷がおいてあって、竪行燈の赤い地に「むぎゆ」と書いたのが、灯を消してある。

江戸の夏、町の辻などで、麦湯やあられ湯を売る麦湯売りの屋台であった。

番屋へ入ってみると、若い娘が、しょんぼりとすみに腰をかけている。

番太郎や、五郎三のところの若いのが、しきりに娘をなぐさめているようであった。

娘はまっ蒼な顔をして、涙ぐんでいる。

入って来た源三郎をみると、ぎょっとして泣き出しそうな顔になった。

「心配しなくてもいいんだ。旦那方は、お前から話をおききになるだけだからな」

五郎三が娘へなだめるようにいい、源三郎が柄にもなく笑顔をみせた。

「とんだものに出くわして、ひどいことになったな。さぞ、驚いたろう」

町方の旦那に声をかけられて、娘はちぢみ上っている。

「この先の薬研堀《やげんぼり》の八郎兵衛長屋に住んでいる娘で、おたよと申しますんで……」

五郎三が、怯えている娘にかわって、紹介した。

年は十八。

それにしては子供子供してみえるのは、小柄で愛くるしい顔立ちのせいだろうか。

「姉さんと二人暮しで、普段は縫い物なんぞで暮しをたてて居りますようで……麦湯売りは、夏場だけの稼ぎでございます」

「姉は、どうしたんだ」

東吾がきき、娘が慄えながら、それでも一生懸命に返事をした。

「家にいます。今夜はあたし一人で……」

「麦湯売りは、お前一人か」

「いえ、姉さんと一緒の時も……ただ、姉さんは体が悪いものですから……」

「今夜は休んだのか」

「はい」

声はさわやかであった。みかけよりもしっかりした娘である。

「お前がみたことを話してくれ。なんでもいい、みたまんまを喋ってくれればいいんだ」

東吾が源三郎のお株を奪った形になり、娘は、小さくうなずいて話し出した。

「あたし、水を汲みに行ったんです」

茶碗を洗う水がなくなって、近くの共同井戸へ手桶と、汚れた茶碗を持って行き、洗いものをすませて、手桶には水を汲んだ。

「屋台のところまで戻ってくると、空地のほうで、人の声がしたように思いました」

そっちをみると、暗い中から男が走って川のほうへ去った。

「暗かったから、あまり気にしなかったんです。ただなにか不気味な気持がして……」

闇をすかしてみると、空地に人が倒れているような気がする。

提灯に竪行燈の灯を移し、少し近づいてそっちを照らしてみた。

「少しずつ、近づいたんです。怖くて……人を呼ぼうと思ったんですけれど、あいにく、人通りがなくて……」

おっかなびっくり近づいて、やっと提灯の灯のむこうに、

「人の倒れているのがみえたんです。声をかけたんですけど、返事がなくて……それから急に怖くなって……」

逃げ出そうとしても、足ががくがくして前へ進まない感じだったという。

「どうやって、人を呼んだのか、おぼえていません」

肩で大きく嘆息をついて額の汗を拭いた。

「すまないが、もう一度だけ、行ってくれないか、お前が二人をみつけた場所だ」

麦湯の屋台を、五郎三のところの若い者にかつがせて、もとの空地に引き返した。

「屋台をおいてあったのは、どのあたりだ」

東吾にいわれて、娘は道の辻を指した。

大川にむかった三股《みつまた》で、川の右側が空地になっている。

川っぷちへ涼みに来る人々を相手の麦湯売りであった。

東吾が若い衆に命じて、麦湯の竪行燈に灯をいれた。

行燈が竪だから、灯は上へむかって、ぽうっと明るくなる。

麦湯に竪行燈が多いのは、遠くからみても行燈の上が明るく、わかりやすいという効果をねらったものであった。

「源さん、行ってみてくれないか」

東吾が指したのは、二人の男女が殺されていた場所である。源三郎はうなずいて、その地点まで歩いて行った。

成程、おたよのいうように、暗くて、源三郎の立っているのさえ、よくみえない。

「これじゃ、お前がここへ戻って来た時、逃げて行った男の様子もわからなかっただろう」

東吾にいわれて、娘はうなずいた。

「男だということはわかったんだな」

「はい、背が高かったような気がします。それと、頭に手拭をかむっていたので……」

闇に白く手拭がみえたという。

「それだけです。あとはなにも……」

「ご苦労だった。いやなことを思い出させてすまなかった」

娘は、五郎三のところの若い衆が家まで送って行った。

「仏は、もう引き取らせてよろしゅうございますか」

柳橋からと、吉原の松浦屋から、すでに身内が来ている。

「いいだろう。いずれ、落ちついてから、話をきいたほうがいい」

夏の夜は、もう白みかけている。

柳橋での事件は、一応、明石橋や柳原土手のと同じく、男女の媾曳をねらっての通りすがりの犯行と八丁堀ではみていた。

捜査も、もっぱら、その方向ですすめられている。

芋刺しにしてなかったのは、伊兵衛と小文が、別に交合している最中を襲ったのではなかったからで、時刻が他の二件よりも、やや早かったことも、さして、三つ目の事件を特殊に考えるほどの材料にはならない。

「るいは、どう思う」

翌日、はやばやと「かわせみ」へ来て、東吾は早速、柳橋の一件を、「かわせみ」の連中に話したあとできいた。

「下手人が襲った時、伊兵衛と小文は、なにをしていたのか」

るいは笑って返事をしなかったが、お吉はまじめに、東吾の問いを考えた。

「そりゃあ、やっぱり、抱き合うとか……下手人は男と女が仲よくしているのをみて、殺す気になったんでしょうから……」

「立ったまま、抱き合っていたってえのか」

これから向島へ行こうという二人である。

「なにも空地なんかで、着物を汚すことはあるまい……」

「そうですとも……」

お吉はいよいよ大真面目で、

「なんてったって、柳橋の姐さんと吉原の松浦屋の若旦那なんですから、そんな、はしたない真似はなさらないと思います」

「二人は前から胸を刺されて死んだんだ。抱き合っていたのなら、今までの下手人なら、背中から芋刺しにするところだ」

「槍をしごいて、えいってわけですか」

下手人が使った得物が槍らしいというのも、八丁堀の一致した意見であった。

「いくら夜でも、槍をかついで人殺しに出かけたら、目立つだろうなあ」

東吾がいい、嘉助がはじめて口をはさんだ。

「八丁堀の旦那方の中には、槍の穂先だけを使ったのではないかとおっしゃる方がございますようで……」

「槍の穂先を持って近づいた下手人に、まず伊兵衛か、小文か、どっちかが気がついて、ふりむいた、そこを一突き……」

東吾がいい、お吉が大きくうなずいた。

「そうですよ。そうしておいて、もう一人を殺したんです」

「下手人は一人だろうか」

一人だとして、一人を殺し、その得物をひき抜いて、次のにかかる。

「その間に、もう一人が逃げ出すとか、声をあげるとか……」

「暗いから、よくわからなかったんじゃありませんか」

「確かに暗かった。しかし、いきなり見知らぬ男が現われて、相手に襲いかかったら、いくら暗くても、それくらいはわかるだろう」

麦湯売りのおたよは、下手人が逃げ出した時に、辻まで帰って来ている。

「おたよは、人の声がしたように思ったといっているんだ。そのいい方だと、きゃあとかわあとかという叫び声ではあるまい」

悲鳴とか、助けを求める声だったら、人の声がしたというような曖昧《あいまい》な表現ではない筈だと東吾は考えている。

「殺された人の、うめき声かなんかだったんでしょうか」

それまで黙っていたるいがいった。

「そうかも知れない」

おたよの麦湯の屋台のあったところから、死体のあった場所まで、およそ十三、四間はあった。昨夜はうす曇りで、月はなかったから、空地のあたりは闇である。

「近頃の若い人は、あんまり夜更しをしすぎますからねえ。あたし達が若い時分は、女が夜、外へ出るなんて、とんでもないことでしたよ。それだけ慎しみってものがなくなっちまったんですから」

お吉が急に話を変な方向へ持っていって、「かわせみ」の夜は、遅くまで賑やかであった。

三

東吾が、吉原の丁字屋へ出かけて行ったのは、例の事件があってから二日目の午下りで見世の格子には、昼から客を待つ女郎の顔がみえる。

丁字屋は馴染みなので、東吾が用件をいうとすぐに、女主人のよしの部屋へ通してくれた。

よしのは、いい色の上布の紋付で、今、外から帰って来たという恰好で、片手には数珠を下げている。

「今、松浦屋さんの、向島の寮へお線香をあげに行って来たんです」

殺された伊兵衛の葬式を、松浦屋は向島の別宅で行っているらしい。

「あそこも、うちと同じで、おきんさんが女手一つで商売をやって来たんです。ぼつぼつ伊兵衛さんに、あとをゆずろうって時に、あんなことになっちまって……」

一人息子の伊兵衛の不慮の死で、母親のおきんは常日頃のしっかり者にも似合わず、半狂乱の体だったという。

「道楽息子だったらしいな」

母親ほども年の違うよしのなので、東吾も気がねなく、団扇を使いながら、行儀悪く、立膝で、冷えた麦湯を飲んでいる。

「そりゃあまあそうなんですけれど、それでも親の気持としたら、かけがえのない一人っ子のことですからねえ」

「一緒に殺された小文って妓とは、長いのか」

「いいえ、まだ、そうなってからは一月かそこらで……もっと深い女が、あっちこっちにいるって話ですけど、なにせ、一人の女に長続きしない人でしたから……」

「相手は芸者が多いのか」

「芸者も、素人さんも、いろいろでございますよ」

「女郎遊びは、どうなんだ」

「それが、おかしいもんですねえ」

生まれた家が娼家のせいか、松浦屋の伊兵衛は遊女嫌いだったという。

「勿論、お膝元じゃ遊べもしませんけれども、深川あたりへ行っても、芸者一本槍だったそうで……」

「女郎嫌いか」

狭い中庭で蟬が啼いていた。

軒に下げた風鈴が、ひっそりと音も立てない。

「入れぼくろってのがあるだろう」

東吾がいい出したので、よしのは口許へ手をあてた。

「近頃、あまり、はやりませんが」

男女が手を握り合って、おたがいの親指の先が当る部分に、ほくろを彫る。そのほくろをみては相手のことを思い出し、はなれていても、忘れまい、別れまいと誓い合うもので遊女と客の間に早くから行われている。

「近頃は、そんな穏やかなものではお客が喜ばなくなってしまって、やれ、爪を切れの指を切れの、名前を刺青《いれずみ》にして体に彫れのと、野暮なことをおっしゃる方が増えてしまいました」

それだけ、客の質が落ちたと、よしのは小さな声でいって、眉をしかめる。

「伊兵衛の右手に、入れぼくろがあったんだ」

番屋で死体をあらためた時に、みた。

「小文にはなかった」

男の手にだけ、黒々と墨を入れた痕がある。

「芸者は、あまり、そういうことは致しません」

「素人だって、しないだろう」

とすれば、伊兵衛の入れぼくろの相手は娼妓ということになる。

「女郎嫌いってのが平仄《ひょうそく》が合わねえ」

若い時分に、熱くなった娼妓はいなかったのか、と東吾にきかれて、よしのはかぶりをふった。

「さあ、きいたことがありませんが……」

小半刻ほど、よしの部屋で訊ねたが、伊兵衛という男が、かなりの道楽者で、しょっちゅう女をとっかえひっかえして、未《いま》だに身が固まらないという他には、たいした話も出て来ない。

「女のことで、人の怨みをかっているかも知れませんが、殺されるほどのことは……」

考えられないとよしのはいう。

吉原を出た足で、東吾は柳橋の五郎三のところへ寄った。

小文という芸者のことをきいたのだが、伊兵衛の女になる前に、惚れ合っていた男もないし、特に小文に夢中になっていた客もない。

伊兵衛との仲も、ほんの遊びで、

「小文をとったの、とられたので、殺されたとは思えません」

やはり、通りすがりの、相手かまわぬ凶行と五郎三もいった。

「どうも、源さんの役には立てそうもないな」

独り言をいいながら、大川端の「かわせみ」へ寄ろうか、兄の屋敷へ帰ろうかと、迷いながら豊海橋《とよみばし》のところまで来ると、嘉助が若い男と立ち話をしている。東吾をみつけて、小腰をかがめた。

若い男は佃島の漁夫で、岩吉といい、「かわせみ」へ始終、魚を持って来る関係で、嘉助とは、かなり長いなじみであるという。

「わざわざ、若先生のお耳に入れるまでもございませんような話でございますが、この前の小文、伊兵衛殺しの時、近くに居りました麦湯売りのおたよと申しますのが、もともと親が佃島の者で、岩吉と幼なじみでございます」

おたよ姉妹は親があいついで死に、他にも事情があって、佃島を出て、今は薬研堀に住んでいるが、岩吉は時々、姉妹のところへ魚を持って行ってやったりしている。

「おたよが、仕返しをされないかと案じているのでございます」

なまじ、犯人をみたと証言したばかりに、その犯人が、今度はおたよをねらうことはあるまいかと岩吉は心配している。

「おたよは、別に下手人の顔をみたわけではない、暗い中から男が逃げて行ったというだけでは、下手人から仕返しをされるとも思えないが……」

東吾がいうと、岩吉は不満そうに顔をあげた。顔も手足も赤銅色をしている。

「下手人は勘ちがいをしているかも知れません。ひょっとして、おたよさんに顔をみられていると……」

そういう例は、世間にままあることで、おたよの姉のおはまも、ひどく不安がっているという。

「あれから麦湯売りにも出ませんし……」

「そりゃあ、気の毒だな」

お上に正直に届けたばかりに、仕返しを怖れ、商売にさしさわっているのではかわいそうだと東吾は思った。

「五郎三に、ちょっと声をかけておいてやろう」

もう一度、柳橋まで行くという東吾に、岩吉はひどく恐縮し、汚い舟だが、乗って行ってもらえないかと申し出た。

すぐ近くに、もやってあった小舟は、その割に、小ざっぱりしていて、魚くさいというほどでもない。

岩吉は流石に櫓の扱いがうまく、舟足も速い。

「おたよ姉妹は佃島の漁夫の娘か」

小柄できびきびしたおたよの印象を東吾は思い出していた。

「へい、かわいそうに、親父が賭事の好きな男で、年中、すってんてんで……おたよがかわりに漁に出たりもしていたんですが、病気になってしまいまして……」

子供の時から随分、苦労をした姉妹だったと、岩吉は同情的であった。

柳橋へ舟をつけて、岩吉と薬研堀へ行ったのは、姉のおはまというのが、寝ついているというのを見舞ってやろうと思ったからで、東吾は柄にもなく、途中でちょっとした手土産を買った。

案内されたのは三軒続きの長屋のとばくちの一軒で、おたよはせっせと内職の箸けずりをしていた。

その奥に布団を敷いて、女が横になっている。姉のおはまであった。

手土産を出して、東吾は下手人からの仕返しなどがないよう、町方に、おたよを見張らせるからといい、病人を安心させた。

思いがけないことなので、姉妹はびっくりし、おはまは布団から起き上って、何度もお辞儀をした。

体が弱いせいか、若さがなく老けてみえるが眼鼻だちのやさしい、漁夫の娘にしては華奢すぎる器量よしである。

両手を突き、頭を垂れている風情になんともいえない色気がある。

ふと、東吾は、おはまの右手の親指と人差指のつけ根の交差するあたりに、黒い点があるのをみつけた。明らかに、入れぼくろである。

だが、なにもいわず、東吾は岩吉を連れて柳橋の五郎三を訪ね、当分、おたよ姉妹には若い者を要心につけるよう頼んで、再び、岩吉の舟に乗った。

「おはまというのは、いくつぐらいだ」

川風に吹かれながらきくと、すっかり東吾に気を許した岩吉は、

「二十五、六になります筈で……」

竿をさしながら答える。

「親父が賭け事に夢中で、おたよが病気になった時分、おはまが苦界に身を沈めるということはなかったのか」

「そういうことはなかったようで……」

ただ、十三くらいの時から女中奉公に出て、

「五、六年も奉公していたんでしょうか、その頃から体を悪くしたようで……」

佃島には、とうとう帰って来ず、両親がなくなったあと、妹をひきとって、一緒に暮している。

「あの器量だ、嫁に欲しいという男も少なくなかったろうが、どうして嫁入りしなかったんだ」

「そいつはよくわかりません。たぶん、体がよわかったためじゃねえかと思います。それに、おたよさんもいることですし……」

「おはまは右手にほくろがあるな」

さりげなく、東吾は岩吉を眺めた。

「あれは、生まれつきか」

「さあ、あっしは気がつきませんが……」

「おはまが十三の時、奉公に行った先を知らないか」

「親達が、かくしていたそうで……向島のほうだときいていましたが」

東吾は暫く考えていたが、佃島まで乗せて行ってくれないかと、岩吉に頼んだ。

「あの姉妹の生まれた場所をみたいんだ」

岩吉は承知して、舟の行く手を変えた。

佃島は鉄砲洲に沿っている孤島で、漁夫の村であった。

十一月から翌年三月までは、主として白魚を取るが、その他の季節は舟でかなり遠くまで出て漁をしてくる。

家は藁《わらぶ》葺きが多く、軒は低い。鉄砲洲から一町ほどの海上なのに、風土は江戸とかなり異なった。

浜には銛《もり》を持った男や子供が、殆ど素裸で歩いている。

銛の形が、東吾の知っているのと、やや異なっていた。先端がやや太めで、長さも長い。

「もぐって魚を突くんでございます」

男よりも、女子供が多く、やってのける。

おたよ姉妹の生家は、新しく住む人もなく朽ちていた。

夕方まで、東吾は佃島をぶらぶらして、岩吉に送ってもらって八丁堀へ帰った。

四

再び出かけたのは夜になってからである。

町廻りから帰ったばかりの源三郎が一緒でまっすぐ舟で吉原へ出る。

日本堤から衣紋《えもん》坂へ出て大門を入ると、両側にずらりと茶屋が並んでいるのに眼もくれず、仲の町を突っ切って松浦屋へ行った。

源三郎が来意を告げて、女主人のおきんの部屋へ案内されるまで、格子の中の女たちが口々に源三郎と東吾へ声をかけるので、東吾はとにかく、源三郎はぐっしょりと汗をかいている。

おきんは五十がらみの骨ばった女で、丁字屋の女主人よしのとは全く違った感じの女丈夫であった。

前もって、舟の中で打ち合せをしておいた通り、源三郎が殺された伊兵衛について、どうでもいいことを二、三、訊ねたところで、東吾が口をひらいた。

「当家に佃島の漁夫の娘で、おはまというのが奉公していたことがあったな」

おきんの反応は東吾が予期した以上に大きかった。すかさず、東吾がどなった。

「かくすな、かくすと為にならんぞ。伊兵衛とおはまが、入ればくろをする間柄であったこと、すでにお調べがついて居る」

おきんが手を突いた。

「申しわけございません。おはまのことは、私どもの落度でございました……」

昼まで、まっ蒼になっているお内儀をみて東吾が、そっと源三郎をみた。

「旨《うま》い具合に、かまにかかりましたな」

吉原からの帰りの舟で、源三郎がいささか憮然《ぶぜん》として東吾にいった。

「かかりすぎだ」

実際、東吾にしても、松浦屋のおきんの告白は予想外であった。

「俺は、ただ、ひょっとして、おはまは松浦屋へ奉公している中に、伊兵衛の手がついたのではないかと当てずっぽうに思っただけなんだ」

たしかに、おはまは松浦屋の女中奉公に来た。おはまの器量をみて、松浦屋では見世へ出せば、金になる女と考えたらしい。

だが、おはまが承知する前に、道楽息子の伊兵衛が、彼女を手ごめにした。

おまけに、いやがるおはまを向島の寮へ軟禁して、その体に刺青《いれずみ》をしてしまったらしい。

「おはまの手に入ればくろがあったから思いついたんだが……」

「東吾さんは、伊兵衛と小文を殺したのは、おはまだと考えているようですな」

源三郎が首をひねった。

「伊兵衛がおはまを手ごめにしたのは、今から十何年も前のことです。その頃の怨みを今まで、おぼえているものでしょうか」

松浦屋の話では、おはまには金をやって暇をとらせたという。

「女にとって、確かに重大なことだったでしょうが、十何年も前に手ごめにされたといって、その男を殺すというのは……」

時間が経ちすぎていると源三郎はいう。

「俺も一つ、わからないことがある」

東吾もいった。

「松浦屋のおきんが、なんで、あんなに狼狽したのか、合点が行かないんだ」

息子が昔、手ごめにして、指のつけ根に入れぼくろを彫ってしまったというのは、たしかに、とんでもないことに違いないが、

「金でかたがついたのだろう。いわば、道楽息子の昔の色恋沙汰だ。それだけにしては、おきんの様子が、ただごとではなかった」

「手前も、そう思います」

だが、東吾は、伊兵衛、小文殺しは、おはま、凶器は銛という思いつきを捨てかねている。

「十何年か前に、伊兵衛とおはまの間に、もう一つ、なにかがあった。その、なにかがわかれば……」

「しかし、あの晩、麦湯を売っていたのは、おはまではなくて、おたよでしたが……」

「源さんらしくもないな、おたよがいったろう。麦湯売りは姉妹二人でしていたんだ。姉さんの体の悪い時は、おたよが一人……」

「あの晩は二人だったのですか」

「多分……」

「二人で殺したのですか」

「いや、おはま一人だろう、銛で人を突けば返り血を浴びる筈だ、おたよの着物に、血の痕はなかった」

「女一人で二人を殺したわけですか」

「おはまが麦湯を売っていて、大方、その前を伊兵衛と小文が通って行ったのだろう、おたよは、たまたま、水を汲みに行っていた」

伊兵衛をみて、おはまは銛を持って後を追う。

「これも想像だが、おはまは柳橋の小文のところへ、伊兵衛が熱くなって通っているのを知っていた。いつか、怨みを晴らすつもりで銛を麦湯の屋台のどこかにかくして用意しておいた。そうでないと平仄《ひょうそく》が合わない」

麦湯の屋台は、夏のはじめから、あの辻に出ていた。

その場所は船宿から柳橋の花街へ通う道筋である。

「伊兵衛は、船宿助六の常連だ。柳橋の小文のところへ行くには、吉原から来ても、向島から来ても、まず、舟だろう」

おはまが、あらかじめ、伊兵衛を目撃する機会はあった筈だと、東吾は推理する。

「伊兵衛の死顔は笑ったようだったことを、おぼえているが、小文のほうは恐怖にひきつった顔をしていた。伊兵衛は暗い中で、声をかけられた時、相手が麦湯売りの女だと気がついて安心したんだ。おはまがなんといったのかわからないが、少なくとも伊兵衛は小文とはなれて、何歩かおはまのほうに近づいた。そして、いきなり刺し殺された。小文は暗いから、なにがなんだかわからず、おはまのほうへ声をかけて、そこをおはまが再び、銛で突いた」

「小文を殺したのは、口をふさぐためですか」

「俺はそう思う。血だらけになったおはまは、たまたま、帰って来たおたよにあとをまかせて、家へ帰り、凶器を処分したり、着物を着がえたりしたと思う」

「おたよが逃げた男をみたといったのは芝居ということになりますな」

「俺がおかしいと思ったのは、あの暗さで、男だと、おたよが断言したことだ。背が高くて、手拭で頬かむりをしていたといった。人間、誰しも悪いことをした時は、体を低くして、身をこごめて逃げるものだ。暗闇で、背が低くみえることはあっても、高いとは感じない。変だと思ったのは、その時からだ」

「東吾さんらしい考えですが……」

源三郎は迷っているらしい。

殺された伊兵衛と、目撃した娘の姉が、その昔、関係があったということと、姉妹の生まれたのが佃島で、そこの漁夫が使用している銛が、伊兵衛、小文殺しの傷口と符合するというだけである。

大川端の「かわせみ」へ帰って、又、その話が蒸し返された。

「そうすると、明石橋や柳原土手の人殺しは別の下手人ってことでしょうか」

お吉も、もったいらしく首をひねる。

「それにしても、入れぼくろなどというものを手前はこれまでみたことがありません。やはり、人間、遊ぶ時には遊んでおくものですな」

気をかえるように源三郎がいい、るいが東吾をみて、そっと膝をつねった。

「吉原には、どなたかさんの名前を体に彫った花魁《おいらん》が何人もいらっしゃるのでございましょう」

肩から胸にかけて、誰それ命と文字を彫らせたり、男の紋どころや名前にちなんだ花などを背中に彫る女郎もいるという。

きいていた東吾が、ふと思いついた。

「吉原の女郎に、そうした刺青をする奴はきまっているんじゃないのか」

廓に出入りする彫師を当ってみたらどうかと東吾はいう。

「野暮な奴ほど、入れぼくろぐらいでは気がすまなくて、名前を彫らしたり、指を切ったりするという。おはまも、入れぼくろだけだったのだろうか」

小さなほくろならともかくも、男の名前を肌に彫られたりしたら、娼妓でもない素人娘は、一生、嫁にも行けない傷物にされてしまう。

源三郎から知らせがある前に、翌朝、柳橋の五郎三のところの若い者が「かわせみ」へとんで来た。

「八丁堀へうかがいましたら、畝の旦那が、神林さまはこちらだとおっしゃいましたので」

おはまが首をくくって死んだと知らされて東吾は絶句した。

薬研堀へかけつけてみると、家の中には一足先に来た源三郎が、泣いているおたよをなだめている。

家のまわりは、五郎三のところの若い連中が張り番に立ち、誰も近づけないようにしてあった。

それも源三郎の指図らしい。

「東吾さん、まず、おはまの体をみてやって下さい」

この男が、うるんだ声でいい、眼に光るものを浮べている。

布団に横たえられていたおはまの着衣をそっとずらしかけて、東吾は息を呑んだ。

肩先から乳房にかけて「伊兵衛命」の文字が、ぎっしりと縦横に彫りこまれている。

そればかりか、下腹部には大蛇がとぐろを巻いている刺青が、そして背中には伊兵衛らしい男が、おはまらしい女と抱き合っている恰好が、歓喜天《かんぎてん》の図柄で大きく彫り出されていた。

「ひでえことをしやがる……」

東吾が呟き、おたよが声をあげて泣き出した。

「鬼です、あいつは鬼……姉さんの一生を、あいつはめちゃめちゃにして……」

年端もいかない少女が、手ごめにされただけでも衝撃は大きかったろうに、全身に異様な刺青をほどこされて、肌に消えない傷手を受けた。

「姉さんは毒を飲んで死のうとしたんです。でも、みつかって助けられて、でも、それがもとで体を悪くして……松浦屋は姉さんを金で口止めしたんです。姉さんは、あの男を怨み続けてきました、殺してやりたい、生かしちゃおけないって……何度も……」

姉妹が麦湯売りをしている辻を、毎夜のように伊兵衛が柳橋へ通って行くのを、おはまは知っていた。

「姉さんが、あいつを殺そうとしているのにあたしは気がついていました。手助けをするつもりでした。姉さんが佃島の家から持って来た銛を屋台にかくしているのも知ってました。あたしも姉さんと一緒に、あいつを殺してやる……でも、姉さんはあたしを巻きぞえにしたくなかったんです。あの晩、あたしが水汲みに行ってるすきに……」

たまたま、伊兵衛が通りかかった。

「おはまは、この春から血を吐いていました。自分が長くないとわかって、怨み抜いた男を殺そうとしたのでしょう」

源三郎の声がしめっていた。

「それにしても、伊兵衛という男は畜生です」

玩具にした女の肌に、面白ずくで、醜悪な刺青をほどこした。

一人の女の生涯を奪って、金でかたがつくと考えている男と、その母親に、東吾も源三郎も激しい怒りを感じていた。

東吾が、おはまの入れぼくろのことをいった時、松浦屋のおきんが狼狽したのも当然であった。

「おたよ、しっかりするんだ、姉さんはまっ暗闇で生涯を終えたが、お前には、まだ青空が残っている。せめて、お前だけでも……」

薄幸に死んだ姉の分まで、幸せにしてやりたいと東吾は願った。

「俺達がついている。八丁堀も、わからずやばっかりじゃないんだ」

おはまの通夜も葬式も、行きがかり上、東吾と源三郎が施主になった。

おたよのこの先のことも、力になるつもりだったが、

「あたしは佃島へ帰ります」

女でも出来る仕事をみつけて、生きて行くと、きっぱりいう。

おたよが姉の骨箱を抱いて佃島へ帰った日、吉原の松浦屋は、十数年前、奉公人の娘を理由もなく辱《はずかし》めた罪に問われて、家財を没収され、店を閉めた。

そして、更に一ヵ月後、明石橋と柳原土手の男女殺しの下手人として、日本橋の古道具屋の主人が挙げられた。

「女房が若い男とかけおちして、以来、気が可笑しくなったらしいんだ」

蒸し暑い夏の夜は、人の心の奥にかくれた狂気をひっぱり出すものなのか。

「でも、下手人が挙がってようございました、夕涼みもままならないなんて、それじゃ、お江戸の夏らしくありませんもの」

あでやかに笑っているるいと並んで、東吾は「かわせみ」の庭から永代橋を眺めていた。

橋の上も大川も涼みの人で賑わっている。

間もなく、おはまの新盆であった。

本書は一九八〇年十一月に刊行された文春文庫「山茶花は見た 御宿かわせみ4」の新装版です。

文春文庫

山茶花《さざんか》は見《み》た　御宿《おんやど》かわせみ4

定価はカバーに表示してあります

2004年8月10日　新装版第1刷
2013年6月5日　第8刷

著　者　平《ひら》岩《いわ》弓《ゆみ》枝《え》
発行者　羽鳥好之
発行所　株式会社　文藝春秋

東京都千代田区紀尾井町3-23　〒102-8008
TEL　03・3265・1211
文藝春秋ホームページ　http://www.bunshun.co.jp

落丁、乱丁本は、お手数ですが小社製作部宛お送り下さい。送料小社負担でお取替致します。

印刷・凸版印刷　製本・加藤製本

Printed in Japan
ISBN978-4-16-716884-1

文春文庫　平岩弓枝の本